竖琴，白骨精

张悦然 著

新星出版社 NEW STAR PRESS

图书在版编目（CIP）数据

竖琴，白骨精 / 张悦然著. -- 北京：新星出版社，2012.9
ISBN 978-7-5133-0856-4

Ⅰ.①竖… Ⅱ.①张… Ⅲ.①短篇小说—小说集—中国—当代 Ⅳ.①I247.7

中国版本图书馆CIP数据核字（2012）第206492号

竖琴，白骨精

张悦然 著

责任编辑：汪 欣
责任印制：韦 舰
装帧设计：九 一

出版发行：新星出版社
出 版 人：谢 刚
社 址：北京市西城区车公庄大街丙 3 号楼 100044
网 址：www.newstarpress.com
电 话：010-88310888
传 真：010-65270449
法律顾问：北京市大成律师事务所

读者服务：010-88310800 service@newstarpress.com
邮购地址：北京市西城区车公庄大街丙 3 号楼 100044

印 刷：三河市南阳印刷有限公司
开 本：910mm×1230mm 1/32
印 张：7.25
字 数：134 千字
版 次：2012 年 9 月第一版 2012 年 9 月第一次印刷
书 号：ISBN 978-7-5133-0856-4
定 价：28.00 元

目录

怪阿姨

1

　　夏天的夜晚，其实一点都不长。等到商铺打烊，卷帘门哗啦哗啦落下，小食摊上瓦亮的灯泡陆续熄灭，那些傻不啦叽的男孩们，还三三两两地坐在大草坪上，拎着啤酒罐扯着嗓门说大话。他们的话题永远离不开怎么泡妞，大麦和酵母菌的作用下，荷尔蒙正在迅速发酵，膨胀成一朵朵巨大的泡泡，白得像女人的大腿。

　　幸好下起了暴雨，男孩们骂骂咧咧地丢下易拉罐，一溜小跑离开了。有个倒霉蛋，刚才睡着了，被大雨浇醒，看见四周一个人都没有，还以为是见鬼了呢，他爬起来，却没站稳，一个趔趄摔倒在地上，又爬起来，朝着马路的方向拼命跑。

　　中心广场好不容易恢复了宁静。我们这才放心地从空中落下。

在刚才男孩们坐过的地方，围坐成一圈。盖茨比还是那么聒噪，噼哩啪啦捏了一遍地上的易拉罐，找到剩下的一个瓶子底，倒进嘴里。保尔和罗密欧显得很兴奋，仍在讨论刚才那些男孩说的话。小维特今天的心情糟透了，上个星期他交了狗屎运，捡到一只印着露半个胸的帕里丝·希尔顿的铁皮烟盒，本以为埋在树底下最安全，结果昨天被那群玩藏宝游戏的小男孩用铁铲挖走了。鲁滨逊最近迷上了滑板，每回落地，都要先把那只从垃圾箱里捡的破烂滑板拿出来，兜上几圈才肯坐下。亨伯特决定不等了，今天晚上由他主持。在玩腻了现在年轻人流行的真心话大冒险和杀人游戏之后，我们决定让夜晚的聚会朴素一点，回归到讲故事的老路子上来。讲故事嘛，谁都会咯，不过要求是讲一些自己最近看到的新鲜事儿、奇怪的人，这样还能顺便了解一下世界，最近大家都懒得动弹，白天总能在这条街的上空遇到。

亨伯特说要先给大家讲个故事。他永远那么勤奋，对世界有着无穷无尽的好奇心。雨声渐小，天空中撑起许多只好事的耳朵。鹅毛笔在我的手中已经按捺不住，自己跳到空中，刷刷地写了起来。

2

　　那个叫苏槐的女人，长着一双翠绿的眼睛，颧骨很高。从人群中把她辨认出来，一点都不难，除了绿色眼睛，还因为她看起来很孤独，非常不合群。

　　苏槐母亲的家族里，有一种遗传性的怪病。他们家族的女人，嫉妒的情绪特别强烈，血管壁又比常人薄很多，发作起来体内的力量大得吓人，瞳孔忽然扩散，七窍流血，瞬时就会断气。包括苏槐的母亲在内，已经有五个人因为嫉妒而丧命。外婆的母亲嫉妒小姑拥有一枚光芒耀眼的钻石戒指，外婆嫉妒朋友的儿子比自己的聪明，大姨妈嫉妒家里请来的女佣人比自己年轻，三姨妈嫉妒邻居家的石榴树长得比自己家的茂盛。苏槐的母亲与她们相比，嫉妒心算是最弱的了，嫁了个有钱的商人，生下女儿苏槐，冰雪聪明，生活看起来很和美。然而在苏槐九岁那年，母亲陪同父亲去参加一个聚会，席间父亲遇到了多年前的女朋友，久别重逢，自有许多感慨，两人频频举杯，喝了许多酒，四目相对，竟有一种感伤。母亲坐在那里，眼睛一眨也不眨地看着他们，忽然间鲜血从眼睛、鼻子、耳朵和嘴巴里喷涌出来，遽然倒在地上，当场暴毙。

　　苏槐的父亲非常难过。他现在只有一个女儿了。小女儿继承了母亲的美，却也像母亲那样多愁善感。看到要好的女同学另结新友，小脸涨得通红，流出鼻血，若不是那个女孩及时跑过来安抚，她险些窒息而死。"我的女儿现在不能离开您的女儿半步，更不敢和其他的同学说笑，生怕她看到又会犯病。我的女儿也只有九岁，难道您不觉得让这么小的孩子承受如此大的压力，实在有些残忍吗？"女同学的母亲找上门来，劝诫苏槐转学。父亲只能让苏槐休学，自己也停下生意，每天在家里守着她，但仍旧无法避免原来的同学上门来看望她。苏槐对此过于期待，这让父亲觉得不安。母亲死后半年，父亲终于决定离开城市，带着苏槐搬去一个热带的小岛。他已经在那里造好了一座大房子，而岛上原来住着的渔民，也被他用钱遣走了。父亲又找来几个烧菜做饭照顾苏槐的佣人。佣人经过精心挑选，全部是又老又丑的女人，并且规定她们不能和苏槐聊天，甚至要尽量避免说话。小岛上除了苏槐的父亲，没有其他的男人。父亲认为，使她没有爱上任何男人的机会，是保证她生命安全的基本前提。为了避免让苏槐有父爱被抢夺的感觉，父亲再也没有过任何女人。

三十一年，除了回去办祖母和祖父的丧事，父亲一天也没有离开过苏槐。苏槐也没有离开过小岛，没有和同龄女孩交往过，没有见过父亲之外的任何男人。如果你们看到苏槐，不会觉得她像一个四十岁的女人，虽然眼尾和额头上生了皱纹，可是神情却单纯得像个孩子。多年来，父亲是她唯一的老师，她要学的全部功课是怎样对任何事任何人都不用力。你甚至不需要在意我，不需要爱我，父亲对苏槐说。人和人之间并没有牵系，你看那些女佣，她们和我们住的这座房子，和门外的花园，和海边的船只难道有什么分别吗？世界是冰冷的，所有存在其中的东西，都是冰冷的，生命是一重假象，繁华是另一重，它们只是在引诱你为之消耗能量。为了让苏槐相信这些，父亲找人运来很多书，摆满了书房，都是自然科学类的书籍。讲天体运行，地球的构成，大陆怎样漂移，花草如何枯荣。又讲人类的生老病死，交配的动物性，以及它所承载的繁衍的意义。在草丛里遇到受伤的小鸟，苏槐心生怜爱，捧着它回家。父亲对她说，你忘记你读的那些书了吗？生老病死，是一种循环。它死了，腐烂的身体作为养分渗进泥土。泥土孕育树木，树木发芽，长出新枝，不也是生命吗？生命和生命没有分别，你为什么要挽留它的生命，阻碍自然的循坏呢？苏槐不记得自己是如何接纳这种生活的，一定想要挣脱过，但最终还是顺从了，因为她能够感觉到父亲所做的一切，都是出于对她的爱。等到她完全感觉不到父亲的爱了，却已经完全适应了这样的生活，不再有任何反抗之心。情感的感受力降低，身体的感受力却不断加强。苏槐的嗅觉、听觉、味觉变得格外灵敏。岛上各种花草的香气和味道，蒙住眼睛她也可以分辨，窗外的雨树落下一片叶子，几公里外的海边有船停靠，她全都能听到。辨别各种声音、气味、味道成为打发时间的最好的办法。

　　每天早晨花两个小时绕着小岛长跑一圈，消耗掉那些淤积在体内的能量，一日三餐很清淡，不吃肉，不吃甜食，因为它们会破坏平静的情绪。但每顿饭的时间都在一个小时以上，因为她要仔细咀嚼，享受每一种食材和调料的味道。余下的时间呆在房间里看看书，或者在户外捕捉新鲜的声音和气味。晴朗的夜晚还可以架起望远镜，凭借出色的视觉，略过云层欣赏常人看不到的遥运的星团。如果不是父亲离世，苏槐可能会一直这样生活下去，永远也不会想到要改变。父亲是心脏病猝死，咕咚一声从床上滚到地下，断了气。苏槐闻讯来到父亲的卧室，立刻嗅到一股新死的人身上的臭味，她蹙了一下眉。以前照顾她的老嬷嬷死在佣人住的房间里，尽管离苏槐的卧室很远，而且尸体马上就被拖走了，但她依然可以闻到死人的气味，在食物里，在水杯里。后来整座房子大开所有窗户晒了两个星期，烛火通明去味，房间里摆满了芦荟和艾草，苏槐才渐渐可以吃下东西。

那个天天照顾父亲起居的女仆，在给死者蒙上白布的时候，忽然失声痛哭。她跪在地上，抓着父亲的手，表达了多年来对他的倾慕之情。哭声尖利，把苏槐吓坏了，她捂住刺痛的耳朵，逃出了房间。

苏槐站在门口，看着仆人们拖着父亲肥胖的身体向院子里走，等到她们已经走出去很远，苏槐忽然追上，问：你们知道怎么能把这股难闻的气味弄掉吗？那个伤心的女仆回过头，无比怨恨地看了她一眼。

整幢房子开始进行一次彻底性的大扫除。佣人们在阁楼上找到许多旧物，都搬到了院子里。苏槐童年穿的衣服，小学里的成绩册，泛黄的合影，父亲舍不得丢弃，就把它们藏了起来。苏槐捡起一只红皮笔记本翻看。是小学时写的日记。作文课上老师念了别人的作文，她缩在座位上瑟瑟发抖。看到要好的女朋友送给别人明信片，她愤怒得简直要冲上去把明信片撕个粉碎。新转学来的那个女生很受欢迎，她的头发那么长，闪闪发亮，苏槐甚至有一种想要揪起她的头发一刀剪断的冲动。

苏槐觉得很奇妙，她过去一直认为文字的唯一用途是传授知识，像百科全书里面的一样。而这个小时候的自己，为了一些奇怪的事表现得那么愤怒或者悲伤。但是愤怒和悲伤到底是怎样的感情呢，她完全体会不到。与此同时，那个暗恋着父亲的女仆来向苏槐辞行，说再在这里待下去也没有什么意义了。

"意义？"苏槐觉得她的话很有趣。

女佣看着她，忽然说："小姐，您从来没有想过活着的意义吗？这样像行尸走肉一样地活着，有什么乐趣吗？"

女佣走后，苏槐想着她的话，虽然并不能全部理解，但觉得很有道理。生活的确没什么意思，尤其是现在每天呼吸着散发臭味的空气，连进食的乐趣也失去了。书架上的书都看完了，父亲死后，没有人知道要去哪里采购这些书。律师到岛上来拜访，讲给她听父亲的遗产有哪些，让她签署各种文件。还有许多过去父亲拿主意的事情，现在都要来问她。她觉得自己的空间被完全占据了，毫无自由可言。入睡之前，她又取出那只红色小本子，对于这个完全陌生的童年时代，她充满了好奇，甚至有一种想要走近它的冲动。

苏槐重新回到这座城市，她希望有人可以帮她找回那种叫做嫉妒的情感。就算因此送命，也觉得很值得。她虽然与常人大不相同，但有一点人类的共性她仍具有，就是总追逐那些得不到的东西，觉得它们是最好的。

3

亨伯特忽然停了下来。说后来的故事他还没有收集全，明晚再讲。大家正听得入神，发现又是个没结尾的故事，不禁唏嘘片。他每次都是这样，喜欢卖关子，一定要大家都央求他，才佯装勉强地继续讲下去。

"真是个怪阿姨啊！"小维特喃喃地说。

"这种没心没肺的女人，我最喜欢了，你继续讲下去嘛！"罗密欧说。

"别磨蹭了，天一会儿就亮了。"鲁滨逊坐在滑板上，咕噜咕噜左右摇摆。

"我真的还没收集完整呀，你们知道，故事的缜密性很重要。"亨伯特说。

"得啦,又不是你自己的故事,还在这儿故弄玄虚,有什么可得意的?我来替他讲下去。"说话的是唐璜。他才加入不久,总是一副目中无人的样子,戴着一副自认为很酷的蛤蟆墨镜,捡了一瓶老女人用的香水就狠狠地往身上喷,真让人受不了。我们还是更信赖亨伯特的权威性,宁可忍受听不到结尾的折磨,把故事留到明晚,于是不约而同地悬起脚,准备散去。这时候,唐璜不紧不慢地说:

"嘿嘿,不瞒你们说,我和这个女人有那么一腿,所以她的故事,没有谁比我更清楚。"

大家的脚又落回地上。唐璜要求和亨伯特换位置,亨伯特气咻咻地飘到保尔的旁边,唐璜在中间的位置坐定,吐掉嘴里的口香糖,开始讲他的风流韵事。

也许因为他不清楚我们讲故事的规则,又或者是有意冒犯,唐璜在讲故事的过程中,无时不忘炫耀自己的男性魅力,以及他见识过多少不同的女人。当然,他的确有这样做的资本,因为这群人当中,除了他之外,大家都是处男,尤其是亨伯特,他二十五岁了,是一个老处男。他的这种炫耀,伤了在场每个人的自尊心,不过看在故事精彩的份上,我们都安静地坐在那里,听完了故事,真是给足了他面子。

不过呢,在记录的时候,我还是必须秉承过去诸位兄长的优良传统，尽量剥除那些个人色彩的东西，专注于故事本身。好吧，忠诚的鹅毛笔，你来告诉大家，故事原本是怎么样的。

　　我第一次见苏槐，是去年冬天。她从酒吧一路跟踪我来到家门口。我认出她是酒吧里那个一直看我的女人。她问我，是否可以和她一起住。她长了一双细长的深绿色眼睛，轮廓分明，看起来很像混血。穿了一件价格不菲但是样式很土的裘皮大衣，看起来挺暖和的，可她还是冷得瑟瑟发抖。当时，我刚被同居女友赶出来，好不容易找到酒吧侍应的工作，租了这么一间又脏又臭的地下室，生活可能比现在还窘迫。这是我接受她的邀请的主要原因，不过肯定还有别的，她挺迷人的，有一点亨伯特没说错，她完全不像四十岁的人。我搬去的当晚，她就对我讲了她的故事，希望我能唤起她的嫉妒心。"因为我觉得活下去也没什么意思，倒不如早些死了的好。但总还是希望在临死之前，体会一次嫉妒的感觉。"

　　"你想让我做什么？"我安静地听完她的故事，非常绅士地问。

　　"我会尽量让自己喜欢上你。而你要和其他女孩好，并且一定要让我看到，这样应该可以唤起我内心的嫉妒。据说情敌之间的嫉妒，是最深的。"而后，她又简单直接地说：

　　"我死之后，会把所有的钱都给你。"

我刚要答应，忽然想到一个问题，就问：

"你为什么选我呢？"

"我在那个酒吧呆了一个晚上，看到很多女孩凑过来和你说话，好像都很喜欢你。"

我听了很失望，还以为她是被我英俊的外表吸引呢，没想到竟然是这样一个理由。天天混在酒吧里，看人眼色，讨人欢心，当然是会有许多熟客和我搭讪。

不过呢，天上掉下金币砸到我这样的好事儿，还真是头一遭，我又怎么能错过呢。于是我就和她拟定了一份合约，在同居期间如果她因嫉妒身亡，我将获得她的全部遗产。双方签字。我当然是因为钱，才答应了这件事的，不过很奇怪，听苏槐讲她过去的事的时候，会渐渐接受她的逻辑，觉得她本来就不属于这个世界，所以也不觉得帮她求死有什么不妥。

为了进入一种亲密的男女关系，我建议苏槐和我做爱。做爱肯定能令她迅速爱上我，从前和我交往的女孩们都是这么说的。苏槐同意了。不过说实话，那个场景真有些滑稽。一个四十岁的女人，布满皱纹的脸上，满是懵懂。身体僵挺，环住我的脖子，像一副套在我身上的刑具。最让我受不了的是，她那种平静的置身事外的表情，眼睛直直地看着我，好像是在观赏表演。她对疼痛的感受力很强，我每次想要进去的时候，她的身体就本能地收缩，结实得像块石头，生硬地把我顶了回来。

我这样折腾了一夜，才终于进去。她痛得尖叫起来，猛然把我从她的身上推了下来。

若干次后，她终于得到了快感，但仍旧面无表情，身体动也不动。我渐渐觉得，和她做爱，简直是一场考试。她像严厉的老师，对我的表现做出评价。

"时间应该再长一些。"做完后，她挣脱我的怀抱，用纸巾擦拭着下身说。

我辞去了酒吧的工作，每天从早到晚要做的事情，就是和她恋爱，确切地说，是帮她进入恋爱的状态。我们看电影，但她不能理解其中的人情世故，没有耐心看完。常常是在邻座的女孩被感动得泪流满面的时候，她站起来，走出了放映厅。我们逛公园，她不喜欢白天去，摇篮车里小孩的哭声，让她无法忍受。于是我们深夜去。她很开心，和我说着空气中的香气是来自哪几种花的，蟾蜍的叫声具体是从什么位置传来的。她喜欢跑步，围着公园跑三圈仍觉得不过瘾，我完全跟不上她的速度，跑着跑着就停了下来，坐在长椅上休息，等她回来。有几次她跑得太专注了，不想停下来，就一路跑回了家，忘了我还在公园里等。连我引以为豪的厨艺，她也无法欣赏。她简直是个食草动物，只喜欢生吃一些蔬菜和水果，细细品味植物天然的味道。

我充满了挫败感，非常严厉地警告她：我所做的事你必须配合，不然所有努力都是白费，你永远也没办法感觉到爱和嫉妒。她点点头。后来再去看爱情电影，她再也不提前离席，强迫自己坐在位子上，但还是有好几次睡着了。去公园，不许跑，而是牵着手和我一起散步。她倒是可以做到，但我必须忍受听她说那些花草蚱蜢的事，循着某种她认为奇怪的香味钻进灌木丛里寻找。她依然无法吃肉和甜食，吃了就会呕吐。但经过锻炼，苏槐已经可以吃辛辣的食物，因为她从中获得了一种咀嚼辣椒籽的乐趣。每天起床后亲吻，当然我要先刷牙，轻微的口气就让她无法忍受。晚上相拥入睡，这种长久的肢体接触让她烦恼，在忍受了无数个失眠夜晚后，终于有了好转。有时候，我觉得她像个无助的小孩，对于这个世界的法则不能理解，却必须让自己适应。那种笨拙的认真让人觉得可怜。

　　两个月后，我决定引入情敌的角色，我们的爱情实在进展很慢，这种生活简直令人窒息。我重返酒吧，不费吹灰之力，就勾搭上一个年轻漂亮的女孩，把她灌得半醉，带回了家。我们在客厅的沙发上做爱，我故意把杯子摔在地上，发出很大的声响。苏槐果然闻声走出来。她看到这一场景，没有任何惊讶，在一旁的椅子上坐下来，观看我们做爱。女孩蒙蒙地睁开眼睛，立刻惊呼起来：她是谁啊？我扳过女孩的脸用雨点般的亲吻堵住她的嘴，她伸出留着长指甲的手抓破了我的脸，从身下逃开，挥手又给我一个耳光。那个正襟危坐，目光炯炯有神的中年妇女一定吓到了她。她认为我们要么是串通好了想要谋害她，要么就是有什么古怪的性癖好。她一边咒骂着一边套上衣服，夺门而出。

我后来又试过两个姑娘。其中的一个我简直有些爱上她了，她的乳房长得实在太美了，我总是被胸部丰满的女孩儿吸引。我甚至向她坦白了和苏槐之间的约定，请求她配合，熬过这段时间就可以过上好日子了。她起初不答应，但是毫无疑问，她也爱上我了，喜欢和我做爱，完全离不开我。后来，她经不起我的反复哀求，终于答应了。她近视六百度，我建议她摘掉隐形眼镜，这样就完全看不清苏槐了。我又给她喝了很多威士忌，抱着她耐心地等她哭完吐完，才一起回家。应女孩的要求，我把音响打开，或许吧，Green Day 的歌声真能让她觉得安全一点。我回到沙发上，一把扯过她来开始亲吻。不久，眼睛的余光就感觉到了苏槐的身影。我立刻把女孩按倒，亲吻她的胸。女孩发出小鸟般的呻吟声。我们和着音乐的节奏轻轻摆动。我撕开她的鱼网袜，白肉从里面迸出来。这次看起来似乎很完美，当我进入的时候，女孩似乎忘了苏槐的存在，抑制不住地叫起来，她紧闭着眼睛，陷入一阵就要被碾碎的挣扎中。我抬起头，瞥了一眼苏槐充满惊愕的表情，她的反应似乎很强烈，我们大概离胜利不远了。我又让女孩翻过身来，换一种体位。没错，我们更加猛烈了，女孩跪在那里，痛苦地嘶叫，脸涨得通红，一直红到脖子后面，身体本能地一下下收缩，我知道她的高潮就要到了，又加快了速度。

"我有一个问题想问你们。"苏槐忽然开口说话。

我和女孩都吓了一跳。还是我先回过神来，硬撑住了，不然险些就泄掉。

"我想问的是，这个女孩的叫声，是假的吗？她是在表演吗？"

女孩在我的身下忽然不动了。我们都僵在那里几秒。我感觉到自己在一点点塌下去。

"因为我发现，刚才她翻身的时候，呼吸立刻变得很正常，前后的反差太大了，不符合人类的呼吸渐进和渐退的规律。"苏槐语气平静得像是电视里的气象播报员。

女孩看着我，嘴动了一下，本能地想要反驳，却又语塞。她忽然猛力推开我，坐了起来：

"我受不了了！我们凭什么像动物一样，被她参观被她评点！就因为她的钱吗？你看你像个男人吗？谁不在乎被当成动物，你去找谁吧！"女孩抓着撕破的鱼网袜，委屈地哭起来。

我赤裸地坐在那里，目送女孩离开。我知道我也许永远都不会遇到比她身材更完美的姑娘了，心中不禁一阵怅然。

在那之后，我没有再找良家女孩，她们都因此而鄙视我，我会永远失去她们。我开始改用妓女。原本说起来，苏槐不谙世事，根本辨认不出她们是妓女，可惜妓女普遍都存在一个问题，就是动作和叫声夸张。我相信苏槐在看过她们之后，可能就知道之前的那个女孩，已经很真实了。世界本来就是虚假的嘛，只是一个虚假程度的问题，苏槐就是太死钻牛角尖了，容不下一点虚假。一个毫无感情，毫无欲望的人，也的确没有什么必要虚假。说实话，我挺羡慕她的。

后来和妓女做爱的时候，苏槐也会指出她们的虚假。妓女倒是不在乎，完全可以继续。可是我渐渐有一种不好的感觉，总是想起那个美胸女孩说的话，也越来越觉得，真的很像两个动物在表演，供人观赏。这完全是个苦力活儿。我不是嫖客，我其实更像妓女。苏槐变成了坐下来，慢慢看。我知道她在努力，她希望自己可以看着看着产生一种激烈的情绪，可是她还是会不自觉地指出虚假，这好像是她的本能。我也不是没有试过用恶毒的语言刺激她，比如我会搂着妓女的脖子，说你看人家的皮肤多么白皙光滑，再对着镜子看看你自己的脸吧，老太婆！但苏槐对于语言的感受能力更差，她不能感受到语言中强烈的情感色彩，会把我说的话当作陈述句，她也认为这是事实，我说一个事实又有什么不对呢？

天知道我为什么会那么敬业，每天都换不同的女人，不停地试，越来越憔悴，越来越觉得是在进行滑稽的表演，终于有一天，我在妓女和苏槐的面前，发现自己无法勃起了。妓女非常惊慌，说即便这样你也是要给我钱的。我丢给她钱，让她滚。苏槐问我：

"这种现象为什么会发生呢？和季节或者温度有关吗？"

那一刻我真的很难受。内心充满了恐惧，我觉得我好像再也不能硬起来了。我永远地失去了做爱的欲望。我看着苏槐，觉得她静谧得像个圣母，我忽然觉得很依赖她。一个没有欲望的人，和另一个没有欲望的人在一起，才觉得安全。

我对苏槐说：

"我们可能都太着急了，你过了三十一年没有嫉妒的生活，现在只用几个月的时间，怎么可能恢复呢？我们应该慢慢来。你可能不太清楚，人类的感情是在一天天的相处中，慢慢产生的。"

从此我不再带女人回来，日子又恢复到从前。我们看爱情电影，逛公园，做饭吃饭。只是不做爱，因为我非常害怕面对她那双充满审视的绿色眼睛。后来我自己在外面又试过，也还是不行。我可能真的太累了，觉得做爱也没什么意思，做来做去，的确多数都是虚假的。身体既然没有这个需要，也就算了。

我们去公园的次数开始减少。并不是我懒惰，而是好像忽然老了许多，没有那么多力气，走路完全跟不上苏槐的速度。也不能跟着她，爬树钻洞，找什么香味或者声音。苏槐恢复了跑步，每天两小时。当我发现家里那个佣人做饭其实更好吃的时候，也懒得做饭了，反正对苏槐来说，这些食物都没什么意义，她永远只吃生的。后来也不去电影院了，改为在家里看影碟。苏槐依然坐不住，她如果认真地看，就有很多问题要问。我不能一一作答，她就开始查书。她又开始大量阅读，让人买了很多书。所以最后的生活模式变成了这样，苏槐出去跑步或者在书房看书，而我躺在客厅的沙发上看爱情电影。

两个月过去，我的体重长了二十三斤，走一点路就开始喘，成了一个虚弱的胖子。苏槐倒是不嫌弃我，她大概以为这和树上的果实成熟一样，是很自然的现象吧。我们其实很少说话，有时候我会抱一下她，像两个生活多年的老夫妻那样，机械地，松垮地抱一下。

有一天她跑步回来，出了很多汗，浑身热气腾腾的。她还是穿着很奇怪的绿色运动服，但是我忽然觉得，挺好看的，碧绿碧绿的，像一棵树。佣人给她梳了个马尾，她还挺喜欢的，觉得跑起来能听到更多风的声音，就天天让佣人给她梳。前额的头发都拢到了脑后，额头很高，充满了智慧。我忽然觉得她很像教堂壁画上的圣母，眼睛里充满了温存的笑意。我站起来，走过去抱了抱她，问她：

"那么久啦，你觉得你对我的感觉有一点变化了吗？"

"你变大了。"她指的是我胖了。她永远只用客观的视角，说近似真理的话。我苦笑了一下，看着她，帮她抹掉了额头上的几滴汗水。

那一天苏槐一直躲在书房里看书，直到我睡觉都没有出来。

次日我醒来，她已经跑步去了。但是很奇怪，她一直没有回来。等到晚上，我在沙发上等得睡着了，才听到门响。她回来了，带着一个年轻的男人，谈不上英俊吧，肯定没有我发福之前帅，只能说很健壮。苏槐说：

"我们的合约取消吧。我和他签了合约。"苏槐说。

"为什么？"

"你已经不能激发出我的嫉妒了。书上说，一种最强烈的嫉妒源自同性动物之间因为争夺配偶而进行的竞争。它们争夺配偶是为了交配，然后繁殖。你现在已经不能交配了，所以不能激发嫉妒。"

我愣在那里说不出话来。

那个男人很坏，肯定希望马上把我赶走。他搂住苏槐说：

"我要让你知道我的好，离不开我，别人如果要抢走我，你很自然地就会嫉妒的。"

我冷笑了一声，心里想，还以为你有什么高明的办法呢，还不是和我一样吗？

男人立刻付诸行动。他粗暴地扯开苏槐的衣服，一把抱起她，丢在另一边的沙发上。他脱掉上衣，胸肌非常发达。他解开腰带，脱掉裤子，他当然没忘记转过头来让我看了看他那只值得骄傲的大家伙。然后他拎起苏槐，分开她的双腿就直直挺了进去。我站了起来。因为我好像听到了苏槐的一声轻微的呻吟，非常小，我不能确定，也看不到苏槐的表情，所以想走过去看一看。我觉得我必须过去看一看，这个问题对我很重要。

但是我刚迈起脚，就摔倒在地上。我觉得很热，觉得脸上被什么东西捂着，费了很大力气抬起手，抹了一下，就看到大片鲜红，都是血。血汩汩地还在往外涌。我大声叫他们，快帮我止血，快来！视线慢慢模糊起来，视网膜上好像布满了腥绿色的水草，绕来绕去，越来越绿。我撕破了嗓子一般地叫他们，好像已经不是为了让他们为我止血，只想打断他们，不让他们那么顺利地做下去。不知道叫了多久，在视网膜就要被水草糊上的时候，我看到苏槐的脸，相隔很远，她看着我，蹙了一下眉。

4

　　唐璜停顿了一会儿，给大家充分的时间回味故事。虽然没有人真正喜欢他，但是大家不得不用一种崇敬的表情看着他，没办法，风流鬼的地位，在我们当中一向是很高的。

　　"那么这个怪阿姨现在在做什么？"小维特问。

　　"大概又开始继续寻觅年轻男孩了吧。你们等着吧，那个肌肉男很快就会加入我们的。"唐璜很有把握地说。

　　天空开始发白，时间已经不早了。保尔提醒大家：

　　"该散会了，不然太阳光照下来，我们可就完蛋了。"

　　鲁滨逊忙着去藏滑板。亨伯特和罗密欧在商量着要去看看怪阿姨。小维特终于从阴霾的心情中走了出来，比起帕里斯·希尔顿的烟盒，他意识到自己更需要的是一场恋爱。我收起鹅毛笔，折叠笔记本，然后把它们交给明晚的执笔记录者保尔。大家悬起了脚，飘到了半空。只有唐璜呆在原地不动，他看起来有点不高兴，用手扶了一下墨镜，仰起头问上面的鬼：

"嗨，你们难道不想看看我的绿色眼睛吗？"

我是这次故事会的记录者克莱德，如果你们觉得我做得不坏，那么，请不要忘记举起双手给一点掌声。谢谢。

相信我，只要我们能把时间挡在外面，就可以永远相爱。

老狼老狼几点了

我在所有的窗户上订了木板，门缝也用布条塞紧了。没有一丝阳光能够进来。我们不要阳光，阳光会让我们变老。老会离间我们的爱。相信我，只要我们能把时间挡在外面，就可以永远相爱。

亲爱的，不要惊慌，很快就会好的。你只是有些不适应，人在时间里呆了太久，就会把它当作氧气，可它不是，它是一种病毒，在身体里蔓延，吞噬着你的意志，将你变成了另外一个人。你背叛的并不是我，而是你自己。

安静下来，很快就会好的。让我来讲一个故事给你听。不，你要听，因为它是你的故事。可惜你把它忘了。时间真可怕，像鹰隼一样啄食着记忆，使它变成千疮百孔的筛子，所有珍贵的东西都漏走了。

所以，你忘了你是谁，忘了我们是从哪里来的。

1

那时候，我们都没有手表。但老狼有。他是我们当中唯一知道时间的人。

我们看着他从门外经过，身上穿着一尘不染的衣服，步伐均匀得像是用尺子量出来的。他微笑着和我们打招呼，一副彬彬有礼的样子，却总是让人觉得有一点冷漠。我父亲说，那些掌握了时间的人可能都是这样。

我们跑上去和他搭讪，跟在他后面，学着他的样子走路。后来我们发现，他去过很多地方，知道各种稀奇古怪的事，就总是缠着他问这问那。他也都很有耐心地逐一做答，有时还会讲一段有趣的见闻，可是每次我们正听得津津有味，他就瞥一眼腕上的手表，戛然而止：

"时间不早了，我还有事，必须得走了。"他的表情里有一种威严，令我们不敢挽留。他向大家告辞，迈开格尺般的步子朝远方走去。我们望着他的背影，那只手表随着身体摆动，明晃晃的，撩得我们眼睛里都是光芒。

没有人知道他是什么时候来到这里的。好像只是一转眼的功夫，他就在我们的村落旁边造起一座房子，住了下来。再一转眼，房前花园里的树木都已经长得很高。大家争相跑去参观，脸上流露出羡慕的表情。有人忍不住赞叹道：

"他掌握了时间，生活过得多么充实啊。人家一天做的事情，简直比我们一辈子都多！"

在老狼来到我们这里之前，我们都没有见过钟表。每个人只是遵循自己的节律来生活。每个人都有自己的太阳，东升西落，周而复始，每个人也有自己的月亮，阴晴圆缺，月圆之夜潮汐涨满，身体里响着哗啦啦的水声。

由于没有统一的节律，大家无法相约见面，所以我们这里没有任何集体性的活动。没有仪式，没有聚会。那些需要协作完成的大工程也一再搁浅。比如一直都说要造一艘大船，坐着它就可以过江渡河，去很远的地方，可是因为大家总是聚不到一起，现在连具体的方案还没有讨论出来，而造船用的那些木材，还在树林里长着呢。

所以，我们去不了远方。整个村庄的人世世代代都生活在这里，谁也没有离开过。父亲说，他的祖父曾经有一个离开的机会，当时一个牧师来传道，答应带他一起走。可惜他没有时间观念，出发的时候误了船，牧师在岸边一直等到日薄西山，终于扬起了船帆。

每次说起这件事，父亲都会感慨，倘若当时他的祖父赶上那艘船，现在我们一家人会是什么样？他的想象力非常有限，无法勾绘出具体的画面，直到看到老狼，这个模糊的梦忽然清晰地跳到眼前：就是像他一样！

2

　　楼下的狗叫个不停，真是让人心神不宁。你听到了吗？是楼下住的那个老太婆养的。

　　听，又叫了，多么凄惨的叫声！让它叫吧，它就快要死了。老太婆正在弄死它。没错，的确很可怜，可怜的老太婆。她担心自己就快要死了，她不知道她死了之后她的狗怎么办。难道就把它孤伶伶地留在世界上吗？那太残忍了，她办不到，她情愿留下的那个是自己。所以她决定先把它送走……用剪刀，用绳子，天知道。

　　她埋了狗，专心等死，死却一直不来，那种感觉太难过了，空虚，寂寞，让人一刻也无法忍受。她又去买回来一条狗……这是真的，她总是在遛不同的狗……我看到她在后院挖土……那么多条狗，铺成一条通往死亡的路。

亲爱的，难道你想和她一样吗？被时间逼到死角里，任由它折磨，挣扎，发疯，失去最后一点尊严。

3

父亲去找老狼，请求他帮助我们建立起时间观念。老狼答应了。人们纷纷响应，很快，整个村庄的人都参与进来。

就这样，老狼用他的手表，统治了我们的村庄。

每天固定的时间，老狼将大家召集起来工作。什么时间做什么工作，什么时间休息，什么时间吃饭，什么时间回家，所有这些都要听从他的安排。

大家像领圣餐一样从他那里领到分成小块的时间，小心翼翼地咀嚼着，努力体会到它的珍贵。

起先，很多人都没办法适应，用各种方法逃避劳动，有人装病，有人藏起来……渐渐地，这样做的人越来越少，大家都很害怕掉队。

"我梦见自己被绑在车轱辘上,一圈一圈转个没完!"母亲从梦中醒来,惊魂未定。

"你应该高兴,生活终于上了轨道。"父亲教训道。

所幸的是,我们这些小孩不用劳动。老狼只是把我们聚集起来做游戏。游戏能帮我们建立时间观念吗?老狼说可以,但我们都很怀疑。

那个游戏很简单。老狼在前面走,我们排着队跟在他的身后。他让我们问他时间。

老狼老狼几点了?我们这样问。

九点了。他一边走一边回答。

然后我们继续跟在他的身后走。

唯一的挑战是,如果他的回答是"十二点了",我们必须马上掉头飞奔,他会在后面追赶。

"想象我是一只真的狼,"他扮出一个狰狞的鬼脸,"谁要跑得慢,我抓住他就会一口吞下去。"他蜷曲着手指,长大嘴巴,假装扑向我们,我们咯咯地笑着,大声尖叫,装作很害怕的样子,四处逃散。然而跑上一小段,回头看到老狼已经不追了,我们也就停了下来。他从来没有真的去抓谁,虽然他一再强调,他会抓的,并且被他抓住的后果不堪设想。

总是做同样一个游戏,的确有些无聊。不过难得那么多孩子聚到一起，说说笑笑非常热闹。而我和你，也是因为做游戏才变得那么熟悉。我们站在一排了，肩并肩向前走，就连跑起来的时候也要牵着手。我甚至变得不那么想娶你了，因为我们简直好像是一个人。我们默默地许愿，希望永远都是小孩子，一直这样走下去。

我们跟着老狼在村庄里游逛，就好像在郊游。所到之处学老狼的样子视察工作，在一旁做鬼脸，说风凉话，嘲笑他们做得太慢。要是以前，大人们肯定早就抡起棍棒打我们了，可是现在他们完全不敢。因为老狼教导他们说，孩子是未来，是希望，孩子拥有更多的时间，美好的明天要他们来建造。大人们的态度发生很大转变，甚至开始讨好我们。

我们小孩子愉快地想，时间真是个好东西。

时间自己好像也在竭力证明这一点。我们走着走着就发现，一幢幢房屋建造起来，越来越多的船只停泊在岸边。那里已经建起一个气派的码头。站在码头上，我们第一次看到了远方，此外，他们还在河上建造堤坝和水力发电站。那条千百年来静止的河竟然开始流动了。

祠堂里供奉的那尊佛像失踪了。人们都说，是因为世界太热闹了，连高台上的佛祖都坐不住了，也要走下来看一看。

4

　　为什么还能听到钟表在走的声音？不可能，我把它们都砸烂了，一个也不留。所有理智的人，只要还有几分清醒，都知道我们必须这么做。他们说，钟表是所有欲望和希望的坟墓，这句话你没有听过吗？瞧瞧你，已经被它折磨成这副样子，我再看到你的时候，简直不认识了，你身体里那些热的，亮的东西都死了。

　　为什么总是听到滴滴答答的声响？

　　难道是我的幻觉吗？不，是真的，它还在走，走个不停……哦，可怕的声音，简直像只蝎子在蜇我的心。它从哪里传出来的？它躲在什么地方？

　　我得把它找出来，必须把它找出来，拔掉它的毒针。啊，它在你的身上！这声音……是你的心跳？不对，是它，是它藏在后面！

听我说，我们必须毁掉它。别害怕，放轻松，相信我，忍一下，马上就好了，让我把它砸烂，把它捣碎！让它闭嘴，——那张催命的嘴！

5

父亲开始偷偷在家制造钟表。他说，钟表是世界上最厉害的发动机。并且，他将表针设置得比老狼那只钟表走得还快。

"这样一来，我的时间就会比他们都要多。"父亲得意地说。

他在灯下分割表盘上的刻度，陶醉地念着上面的数字，像是地主在一枚枚地数着金币。

可是，很快他就发现，其他的人也偷偷地制造了钟表。并且，他们的表针一个比一个调得更快。

一天当成两天用，两天变为一周，一个月可以是一年的光景……钟表上的指针像鞭子一样抽打着他们，他们变成一只只疯狂旋转的陀螺……

老狼默默地看着，没有任何干涉。他不再监督他们工作，只是专心带着我们做游戏。还是那个游戏，不知道做了多少遍：

老狼，老狼，几点了？

这句话已经成为催眠的咒语，我走在拖沓的队伍里，一边念着一边打起了瞌睡。老实说，这个童年实在太漫长了，我开始有点渴望长大，我看了一眼身旁的你，慌忙把这个念头压下去，仿佛这是一种背叛。我真担心会背叛你。

不过我并没有，事实证明，我的担心是多余的。

那是一个寻常的日子，夕阳西下的黄昏里，我们照常走着，拖着长音问：

"老狼，老狼，几点了——"

在短促的寂静之后，老狼忽然开口说：

"十二点了。"

一阵风摇撼着路边的梧桐，树叶如拍打翅膀的小鸟，惊恐地飞了起来。

我们掉头奔跑。一切似乎都像往常一样，我还没有完全从瞌睡里醒过来，很机械地转身，拉着你的手跑起来。跑了一小段，觉得差不多了，就渐渐放慢速度，正打算停下来的时候，却发现其他孩子一个个从身边超过。

他们涨着紫红的脸，张大嘴巴呼气，那卖力挥动的手臂，嘶嘶地摩擦着空气，风被打磨得又尖又利，像箭一样从他们的腋下嗖嗖地射出来。我被它们刺得很疼，却因此清醒了几分，这时总算明白，没有人打算停下来，相反的，他们越跑越快。而你也是一样，你的身体已经奔到前面，只有一只手臂在后面拖着我，已经被拉成一条紧绷的直线。你回过头来，看了我一眼。

"嗨，你怎么……"我想问你这到底是怎么回事，可是话还没有说出口就已经被风卷走了。

你忽然像是下了决心似的，用力一甩，挣开了我的手，收回了那只手臂。你终于摆脱了我，如释重负地挺直了身体，先前被压制的力量在顷刻之间爆发。你越来越快，越来越快，身体好像已经被速度完全吞没掉。

我害怕极了，转过头去看身后的老狼。但恐惧忽然使我变盲了，什么也看不到。然而我却能清晰地听到他的脚步，他那长满锯齿的脚步，像车轮一般朝我碾过来。

他无声地咆哮着，河上的堤坝轰然崩塌，汹涌的洪水奔腾而至。

我撒开双腿，用此生全部的力气跑了起来。

6

这些年我一直在跑，我跑了太久，以至于再见到你的时候，已经忘记了你的背叛。

真的，我一点都不怪你。傻姑娘，迷途的小羔羊，我那么心疼你，你怎么会以为我是要来惩罚你的呢？我是来救你的。你知道的，我绝对不会忍心将你一个人孤单单地留下。那太残忍了，我办不到。我情愿留下的那个人是我……

现在好了，所有的门窗都封好了，时间一点也进不来。我们再也不会分开，永远，"永远"现在就握在我们的手里。所有的表已经停住了，你听，多么安静啊，终于可以好好睡一觉了，再也不会有什么把我们吵醒。

白白

1

那一天我走了三十五块台阶来到庞大的明亮里。喝彩声像浆糊一样从此粘住了我。

我看见自己斑斓的鼻子头上开出一段短暂的春天。再没有了再没有了妈的谁还记得。

从我成为一个小丑那天起，我的日子和所有都变细了。

2

　　小丑有过很多名字。他用一个褐色软牛皮的方型本子一个一个记下来。某年某月用过的名字。每个名字霸占一页纸外加他的一段光阴。小丑觉得他的名字被蓄养成一些笨拙的动物，总是横亘在他稀疏的梦境里。这样这样的拥挤啊。

　　其实那些名字本是一些笨拙的名字。他在 A 城叫过毛毛在 B 城叫过翘翘。他最喜欢 S 城了。他们允许他自己选一个名字。他们说你自己决定吧，小丑。小丑的眼睛灼灼闪光。他说真的么真的么可以自己决定么。那天他又像是自己站在了演出台上。他等了一会儿，看到没人反对他，小丑就赶快说我叫白白，不管我现在什么颜色我妈生我的时候我叫白白的啊。你们叫我白白。

小丑白白看到中间的位置那个穿得最厚实的人咂了一下嘴。他把烟也熄了。墙上的钟表跳了一大格。灯呢灯呢。小丑站在黑里面。他的后面被踢了一脚。他不能确切说出被踢的位置了，因为他是那么细无法确定部位。那个人是被环绕的首领。所有的人在他旁边。人们说他的女人叫白白。

白白是他逃走的女人。她走了呢带着三个包袱和一口锃亮的锅。

小丑没有叫成白白可是他还是喜欢在牛皮纸的扉页上写这个名字。他写啊写啊，他觉得越写他就越白起来。可是他解释给别人说他是爱着一个叫白白的女人。他说了很多遍，最后他自己都以为他爱着那个背着锅夜行的女人白白了。那个现在仍旧流亡的满脸石头颗粒的女人。他想象那个女人走累了无助的样子。她忽然地停下来像一只大鸟一样覆盖在一块石头上再也不想离开的样子。她会流一点眼泪然后掏出锅，是锃亮的锅，把它反过来。对着它，把自己的脸擦白。

3

　　小丑最近要解决一下名字的问题。他得决定一个名字。因为他什么也不想做了。

　　他想他要停下来了，因为他越来越细了。

　　整个八月他觉得他都在以一种类似蜻蜓的姿势飞翔。他觉得蜻蜓是他见过的最丑陋的动物。像一根赖皮的大头针一样嵌进天空或者是植物里。然而眼睛是肿的，包住眼泪不肯放出来。保留那么多干吗啊。

　　他太细了，细得可以这样轻易地跳上铁丝。他常常恍惚起来。是铁丝么，这样宽广啊。他觉得那是好看的铁路。宽阔的有磨得发亮的铁轨的铁路。火车开过。对，火车你见过么。可是小丑没有坐过。他喜欢火车上面冒出来的一圈一圈的烟朵。那是奇妙的花朵。小丑没有见过烟花。他觉得是这个样子的吧。他唯一一次在 D 城表演的时候听到外面有烟花。所有的人都背离他和舞台跑出去了。他站在台上发愣。他想出去可是门被堵住了。他爬了很高。站在铁丝上看见灰灰的天的一角。一个角，带着倦怠的晚霞。是被什么玷污了的肮脏灰色。小丑觉得那是烟花了。服贴的白色和灰色。烂下去。就像火车上面的烟。他站在月台上想跳上去。他说他一定行的。铁丝都行何况这个。可是他一直仰视着，那么崇敬地看着。他离列车员不远。他看起来在比那个穿制服的更加尽职地工作。

很久之后小丑的心里酝酿出一个比喻：他说那是女人剪下来寄给谁的头发。柔软的嗞嗞叫喊的头发。

小丑记得在一场豪华的演出中他也曾经戴上那样的假头发。他觉得头重脚轻可是特别美。他悄悄扯下一绺那样的头发放在口袋里。是心脏上边的那个口袋。所以整场演出小丑都觉得非常暖和。小丑知道这是熊熊的草。可是小丑忘记那件华贵的衣服并不是他自己的了。

小丑脱下衣服的时候觉得胸口中弹了。

他一直一直想去看看铁路的。他想象自己站在那里握住曾经丢失的草。会点燃一个更久的春天。当然小丑随即对自己说再也没有了再也没有了妈的谁记得啊。

整个八月恍恍惚惚，小丑觉得自己走在这样宽广的铁路上。他当时的愿望理想全改了，他想停下修铁路。修理它然后观看它。小丑看见火车像蜥蜴一样的颜色暗下去。可是白色头发亮起来。叫声是来自一个美丽女人的，小丑深信不疑。明亮终于氤氲成一片的头发。小丑也终于喜悦地叫出来：

　　白白，白白。

4

　　小丑开始上瘾一样地喜欢走钢丝。他每天都在上面迎接他的
火车和女人。他开始笑。

　　从前他不笑的。因为他计较着名字。他觉得那个报幕的人没
有说小丑是白白。这是一个多么重要的事实啊。还有那些蠢货啊，
他们花很多钱来到这里看，他们看完了都不会知道小丑是白白。
所以他一言不发，嘴唇闭得很严实。他站在上面像一只颤巍巍的
蜻蜓。他站在上面摇摇欲坠。

　　他一直闷闷不乐是因为他想要一个梦想。

　　梦想是个值得每个孩子每时每刻忧伤的念头。

　　他没有梦想所以想要一个。

小丑一直强调说是一个就一个我从来不贪心的。

多少次，他以为他一低头就可以捞起一个颜色养眼的梦想。是的啊，人们总是喜欢胡乱抛弃梦想。尤其是在这样的时候，他们太激动。他们抛弃了他们的梦想。马戏团真是个好地方。到处花花绿绿。气球向头顶飞，梦想向脚下掉。

五颜六色。小丑看见那些坠落的梦想坐在比较低的一排上面发愁。一个挨着一个发愁。小丑多么想顺手捞起来一个。他喜欢白的，当然。那个坐在那里也在发愁的白的梦想。

小丑想把它捞起来然后跟它说，叫那个叫白白的女人来。出来。过来。来。

那个时候小丑想他一定特别男人。喉咙非常坚硬。咚咚咚小丑的声音像马戏团最凶悍男人手里敲的鼓。

女人白白来了。小丑想象只能到此了。他觉得那以后的幸福还要想象么。马戏团从来没有来过那样貌美的梦想。

可是小丑总是一味沉沦在他的铁路上，就错过了一个叹气的梦想。

小丑每一次从铁丝上下来都很难过。他低着头，他看见所有的梦想都已经枯死了。他有的时候会有多余的手绢。他就装走一个埋掉。

他忘记自己埋过多少个白色梦想了。他一个一个地挖坑。他说我不干了不干了。我等着白白啊。带着白白去看那些烟花样式的头发。

5

小丑觉得自己一直在细下去。

细得脖子里面只能插进一支喇叭花了。真糟糕。

小丑决定不干了。他觉得这样悬着不好他得站在地上。地上有掉下来的梦想也可能有走过来的女人。

离开的时候，他忽然很被怀念。甚至可以说他已经有些名气了。人们说原来那个呢，他的表演很好看的。他会笑的啊。

小丑想告诉他们，那个是白白。叫他们念出来才好。

可是小丑决定算了。小丑觉得自己不干了一切就简单起来。

他不干了于是真的就变得比他想的还要简单。

他那天站在台下的。他是白白。一直的白白。

他躲起来。

躲在黑里面。当人声沸腾的时候他听到梦想啪啦啪啦摔下来。光亮四射。他就冲向最前排捡到一个完好的白的梦想。

他哼了一首歌回家。歌也是简单的。手中的手帕很干净。梦想的心脏还在跳着扑楞扑楞。

现在大家都坐好啊我来宣布好消息。真的真的，那天之后不久，一个女人来找小丑。她带了行李。头发散着。当然小丑努力往她的身后看可是还是没有看到锅。小丑不能肯定她是不是白白。

可是小丑叫她了。白白。

她是白白。她笑的时候微笑是有翅膀的。飞啊绕啊的。小丑被弄得天旋地转。小丑搂住她，说等了你好久好久。

小丑觉得不迟，刚刚好。我们去铁路那里。说着小丑看了看白白的头发。不是很好看的白色。也不够明亮。小丑吸了一口气说我们去找那些好看的头发。它们会开在你的头上。开成一朵花啊，你知道么感觉会是欲仙欲死。

奔跑。小丑的心里是奔跑。小丑从来走在小心翼翼里面。他不知道奔跑的好滋味。路很宽，白白的头发飘啊飘的。他要大声说我是白白。

小丑于是马上拉起白白的手。软软的藕荷色手指头。走啊。我们走啦。

顿了一下。

女孩白白看着他，慢慢念着，欲仙欲死欲仙欲死。突然她眼睛闪闪寄予希望地说，我得问问你啊，他们都说你可以在铁丝上做爱。是真的吗？是真的吗？

小丑白白脑子像火车开过一样轰隆隆地下响了几下，他觉得一切仍旧在变细。仍旧在变细，更快了好像。

二进制

二进制法则：

0满进位得1，1满进位得0。这样循环往复。

0

　　四月的时候我回到 B 城，来到了湖山路。在回到 B 城之前的那段日子里，我在用一根木桠杈一样的笔写我的小说，在一座潮湿的森林里。我谁都不见，只有睡眠不断来袭，离间了我和我的小说之间的关系。每次睡眠都会走进蜿蜒的蟒状的梦魇里。我在螺旋状的梦境中跌落，然后我就跌落在湖山路。没错，B 城的宽阔的湖山路。大型的车疾驰而过，我站在路边不知道我是来看什么的。

　　这样的梦本也算不上异常糟糕的噩梦，可是我醒来的时候总是忘记了原定的小说结尾。我只好重新温习我的小说，然后决定结尾，可是这个过程里我再次被台风一样卷来的梦境击倒了，然后在另外一个恍恍醒来的晨发现我又丢失了小说结尾。

这个循环往复的过程无疑使我对湖山路发生了巨大的兴趣。这是一条从前我并不熟悉的大路。当我现在开始发现它有着某种特殊含义的时候，却怎么也想不起它是如何铺陈的。于是我决定回到 B 城，我想我能在这里结束我的小说。

湖山路和我想象的不同，它几乎没有行人，只是车。飞快的车，我能感到司机在这条路上行驶的时候格外活跃的神经。

刚来到这条陌生的路，面对飞驰的车，我显得有点不知所措。所以尽管我很小心，还是在过马路的时候被一辆从西面开过来的大车撞了一下。我摔倒在马路边。

很久很久，我才缓缓醒过来，爬起来。然后我刚好看见三戈站在路口穿街而过。他穿了一条紧绷绷的翻边牛仔裤，把红灰色方块格子的半长裙子套在外面。头发是烫卷了的，手里的烟冒着火苗。在这个重度污染的北方城市，清晨的雾使我咳嗽起来。这能不能作为一篇小说的尾声我一直在犹豫。不过我猜测这也许就是命定的结尾，因为我一来到湖山路就再次看见了三戈。他失踪已久。

这样的相遇是不是有些单薄呢，我想着，是不是应该多写下几句呢。比如，我跑了过去，嘴唇翕合，冒出纯洁的白色气体，谈及了我们从前的一些。嗯，我们做过些什么呢，坐着？躺着？此时我们站在马路当中央，就是交警白天站的位置，面对着面，吞云，吐着雾，刷刷地掉下悼念的眼泪。

也或者，我还带着身为小女孩无法散去的傲慢之气，我站在街的角上邪恶地看着这出众的情人。他的裙子成功地模仿了我从前的那只，我幸灾乐祸地觉得他没有圆翘的屁股把裙子撑起来。他经过一个清晨扫大街的老婆婆，那是个严整的肃穆的婆婆，她眼睛死死地盯着这男孩看，她详细地看了他的伞形裙子和火烧云一样的头发。然后在他要走过去的时候，她终于抬起她巨大的扫把向他打过去。

湖山路的路口是十字的，我继续向北走，故人南去。

1

　　我在遇到三戈之后，继续北行。湖山路是这座城市最宽的一条马路。树也齐刷刷地格外挺拔。在北风呼啸的清晨，所有飞驰而过的车在我身边经过都像给了我一个响亮的耳光。我沿着铺了绛红色瓷砖的人行道艰难前行。有关目的地的问题现在只好搁浅了。

　　其实我一直都在慢慢地询问自己，是不是要停下来。北面有什么我忘记了，对北方的渴望渐渐被那颗恋着故人的心捣碎了。我以60度倾角前行的身躯绝对不像一个少女了。

　　我终于停下来。我是一个佯装的行者。其实我没有带水壶，帐篷，手电筒，卫生巾以及电话号码簿。我只有一本小说。我一直都背着它写它，我必须尽快结束它，我答应过它，这个期限是四月之前。它不喜长风，四月之后的夜晚总是太过抒情，我的小说将会被糟蹋成一篇紊乱的散文或者成为一篇血泣的情书也未可知。我决定现在就坐下来写，我的小说本子是明亮的星空色，滑稽的气球簇拥的背景，中间贴着一只卡通猫甜蜜的脑袋。十五岁的时候我曾和三戈打架，三戈怒不可遏地把我的本子摔在地上，我的猫从此丢失了它彩霞一样绚丽的头颅。现在你能看到的只是剩下的那个猫的一只脖子，以及脖子上绑着的一朵杏色大蝴蝶结。没错，我的猫脖子本子陪伴了我多于五年的时光，它里面的纸曾被用来和三戈传纸条，本子中间也夹过三戈写来的潦草情书，后来被我用来写小说。

这小说将以这个北方的晨日结束。两个交错的人，没有厮打，没有拥抱，大家穿的都是舒服的鞋子，轻巧地走过彼此。然后是过年了，大家都睡过了头，忘记了好些事情。

可是在我坐下来写的时候，小蔻突然出现了。小蔻坐在一辆崭新的黑色轿车上，从我旁边经过。

对于小蔻的记忆，都和颜色，指甲有关。小蔻坐在我中学班级的最前面，她最喜欢在上课的时候使用指甲油。她会随着不同的情形改换指甲的颜色，比如，化学课的时候她喜欢用一种和硫酸铜一个颜色的，而解剖鸽子的生物课上她把指甲涂成鲜血淋漓的大红，有一次我在钢琴课的课外小组见到她，她的指甲是黑白相间的。不过据说小蔻后来死于车祸。也据说我的同学们送去了五颜六色的菊花，出殡的时候放在一起像个大花车。当时我不在B城，我在遥远的地方想着，死去的时候小蔻指甲应当是什么颜色呢。

我和小蔻一直都不算很熟，但是我向来都对这个有色彩癖的女孩子抱有极大的好感。所以在小蔻从车里把头伸出来叫我时，我非常感动这女孩没有死。于是我就热情地回应了她。于是她也热情地停下车，走出来。于是我把我的小说重新装进背包里，站起来迎接她。

她说："我今天结婚。"

我说："不可能，你比我还小，不到年龄。"

她没有理会我的对她的婚礼提出的质疑，继续说："你去看婚礼吧。"

我停顿了一下，注意到小蔻的手指甲今天是透明的。确实是奇妙的透明色，她碰我的时候我都感觉不到那些指甲，像不存在一样。这美妙的指甲再次提醒了我多年来我对这女孩的挂念，于是我说："好吧，我去。你的婚礼在哪里举行？"

"湖山路。"小蔻说。

0

我在湖山路上向南走。前面是带路的小蔻。

我又回到了湖山路的十字路口。隆隆的车穿梭，然后我就在车的中间缝隙里看到了三戈。这令我几乎发出了惊异的叫声。因为我离开湖山路至少已经一个小时，可是三戈仍旧在这条路上。三戈现在向北走。他的牛仔裤很紧，不过这并不说明他胖了，相反的，他瘦了很多。瘦了很多之后他就穿了一条更加瘦的牛仔裤，外面的裙子像朵喇叭花一样打开，他抽烟的时候鼓起双腮，像长队伍中吹风笛的苏格兰兵。

小蔻这个时候带着我过那条马路，她站在我的左边，虚无的小手抓着我。她也看见了三戈。

她说："那是三戈"。

我说："没错"。

她说："他穿了裙子，他是同性恋。"

我说："嗯。"

她问："你和他因为这个分开的吧？"

我说："是的"。

忽然小蔻咯咯地笑起来。她把头转向我，说：

"你知道吧，你跟三戈好的那时候我也喜欢他来着。"

我转脸向小蔻，深深地看着她。她透明的指甲软软地嵌进我的肉里。

她继续说："有一次我躲在我们校园最北角的那棵梧桐树下偷听你们说话，我还看见他把手慢慢伸进你鼓满风的衣服里。"

我脸色有点变了，我问："你还结婚吗？"

她咯咯的笑声更加响亮了，她说：

"结呀"。

这个时候我发现三戈突然改变了方向，也在过马路，向着我的方向。我看见他的脸白花花的，整个身体像是一堆雪人一样静止地挪动。

我们相遇的时候我才发现小蔻什么时候不见了。我感觉小蔻可能已经拐进附近的一个胡同里去结婚了，但是我未曾找到过湖山路的支路，从未。

我怅然地感到我的整只手，甚至延绵到整个手臂，都散发着一种强烈的指甲油味道。

三戈的新香水像墨鱼一样长满触角，在我走近的时候忽然抓紧了我。我咳嗽了几声，然后终于抬起头来面对这场相遇。

三戈和我都无法不激动。因为我们是带着多年的旧情分开的。我想主动伸开我的双臂拥抱他。但是我才发现小蔻残留在我手上的指甲油似乎是一种强力胶，此时我的左手臂已经无法抬起来了，它和我的身体粘在了一起，所以当我想做出拥抱的动作的时候，看起来像一只笨拙的企鹅险些摔倒。

我有些狼狈，不知道如何是好，仓促间说："你看到小蔻了吗？我找不到她了。"

三戈点了点头说："那片坟场重新整修了，小蔻的墓搬走了，在腊山上了。改天我带你去吧。"

三戈说完这话之后我们都站在原地不动，也没有找到别的话题。

B 城的清晨和早晨有很大区别。B 城的 6 点 55 分和 7 点有很大区别。这个区别也许是在雾上，比如说，6 点 55 分的时候我看见的三戈只有一个模糊的轮廓，这个轮廓并没有使我真正明白我们两个相遇的真正含义。7 点钟的时候他的脸清楚起来。他的五官都向我涌过来，我感到一阵恐慌。

这个区别也许在我的心率上，有人是做过试验的，早上的心率特别快，我现在的这颗心要一跃而出了。

我猜测三戈也有同样的感受，因为我们同时涨红了脸说了再见。

"再见。"

然后我转身就北行了，他也转身向南。我听见我的苏格兰兵他最后的皮鞋声音，我没有敢回头，可是我觉得有个女孩的脚步是伴他一起的，而且有一种熟悉味道从身后渐渐把我环抱起来，我可以确信如果当真是有个女孩和他一起，那肯定是小蔻。

1

七点多，湖山路开始有了阳光。我继续向北。骑士在这年代几乎绝迹，不过那天我的的确确遇到一个骑大马的。马也如我所愿是白色的良种马。骑士穿了亮闪闪的鳞片铁衣服，比湖山路的阳光还要明亮。我站在那里就不动了，我看着马和骑士经过，然而骑士没有经过，而是停了下来。

骑士不涂香水，骑士的眼睛也不是像我的情人三戈一样迷迷的。不过骑士的鼻孔里冒出的是一种新鲜的男人的气体，他的身体在一种源源不尽能量下此起彼伏，这是一片我未能详细认知的海。

这些年，我对这样的男子一直不甚了解。我觉得他们高大而粗糙，而我一直迷恋的是三戈那样精巧的男子。他给我涂过指甲绷过头发。

这时候骑士停下来，问我去腊山的路。

可是他看来并不焦急，他就牵着他的马和我慢慢地说话。

我说我也是个旅行中的人，我只是为了来结束一篇小说，然后就离开 B 城。骑士说他要去西边的丝绸之路。他说他想换一头骆驼。我想了想，觉得西面天空扬起的风沙会使他的脸的轮廓更加鲜明，所以我点点头，表示支持他的计划。

骑士后来和我聊到了爱情，我简单地描述了三戈，我认为这种描述无法深入，否则我将把对像骑士这样的男子的抗拒流露出来。

"唔，你是七岁之后一直和他一起吗？"骑士问。

"是的。"我说。

"那么他喜欢同性就很能理解了。一个女学者曾说，当一个男孩从小最要好的朋友是女孩儿时，他长大之后往往对同性抱有更大的好感。"

"是这样吗？"我沮丧地说，因为按照骑士的说法这已然是一个无法挽回的事实，多年决定下来的事实。

"没有错，因为他对你，一个女孩太了解了，他对你的每一部分都很了解，你，女孩对于他失去了神秘感。"骑士继续说。

这是个道破天机的骑士，他显然不像我想象的那么头脑简单。

骑士停了一会儿说要走了，他忽然问我可乐意同去。

"一同去吧，去西边，我对女孩儿可从未失去过兴趣。"骑士的坦诚使我有点感动。

好吧好吧，我决定跟着骑士走了。可是我张开嘴说的却是：

"我跟你走，不过你先把我带回到湖山路的路口，我要和三戈道别。"

0

我现在就站在湖山路路口的早晨里。

骑士把我放下。让我自己过去。

"欸，你可以饮马什么的。"我觉得有点对不起他。

"好啦，我在这里等你，你只管去吧。"骑士说。

我向南走，我不知道为什么，三戈再次出现，仍旧向北走。此时大约已经是上午九点钟，几个小时里三戈都在。他还是穿着他的裙子，像仙鹤一样走得小心翼翼。

这次我是向着他走去的。我们在上次相遇的马路中间相遇了。我带着他过了马路，他和我都在马路的台阶上坐了下来。我们开始聊天，也道别。我把这许多年来我写的小说给他看，那个尚没有结尾的小说。他把那本子放在膝盖上，一点一点认真地读。有时候他遇到喜欢的句子还会念出声音来。我也插话进去，告诉他这段正是我也喜欢的。后来我说到一个骑士将带走我，他充满怅然。再之后我们说到了童贞。这是我们第一次说起，我们的童贞。那是我和他一起经历的，他问我可后悔是和他这样的男子。

"嗯，是有些后悔的。因为我后来信奉了神，这件事多少影响了我的灵命。"我这么说。

我和三戈，从来没有进行过这样顺畅的详尽的谈话。我们几乎说尽了所有的话题。他甚至因为十五岁的时候把我的猫脸本子摔坏了而向我道歉。我们坐在马路沿上对抗着北风，说到黄昏。

黄昏抵达眉角的时候我们再没有多余的话题。我们都感到淋漓尽致。我起身说要走了。他站起来亲吻我，我拥抱了我软绵绵的情人。

结末，他在背后冲我说："祝你的小说早些结束。"我心中充满温暖地向北离去。

1

不过我没有找到骑士。定然是等待到黄昏的时间里他又遇到了其他的姑娘。可是对这件事情我并没有惋惜，因为我能够再回去，和三戈坐在马路台阶上说话全是因他。这对我很重要，我将用一场充实的相聚结束我的小说，开始新生活。

可是我站在湖山路以北打算掏出我的本子结束小说的时候却发现我的本子不见了。最神奇的是，我的潜意识使我相信我是把我的本子丢在湖山路路口的马路台阶上了。我的脚步拧着我的身体揪着我的思想再次回到了湖山路路口。

0

天已经黑透了。湖山路上的车开始少了。每辆车都飞快地划过去，我过马路的时候险些又被撞倒。不过那车只是和我错身而过，我很奇妙地绕开了车。

正如我一直不厌其烦地叙述的，我又看到了三戈。北方的夜晚这么冷，可是我的爱人还是没有加件外套，他还是那件无数线条交叉的裙子，缓慢地穿越马路。

我站在马路对岸，我不知道应该再和他说些什么。这种不断的相遇已经有损了我们之间的感情。我就站在那里，不肯过马路。可是我好像也看见了小蔻。小蔻和三戈站在一起。小蔻的透明指甲像冥火一样闪闪发光，指甲油再次发出剧烈的香气，我几乎窒息。我开始张大嘴巴，大口呼气，然后转身开始逃跑。

我向北，放弃了我丢失的本子，我只是想赶快地离开湖山路。

湖山路的树木都很高，这里很靠近腊山，夜晚山上的动物们发出我从未想象过的声音。我飞快奔跑，这里没有路灯，我只能借助来往的车的星点光亮。

终于到了湖山路的尽头，走下去将是另外的路了。我停下来喘息，这时候我看见骑士就站在路口。他很忧伤。我说，你还在呀，我们快走吧。

黑夜下的他失去了鲜明的轮廓，像个皮影一样寥落。他摇着头说："去西边只是我的一个美好愿望而已，我是不能的，因为在湖山路上死去的人，魂魄将永远在湖山路上，怎么走也无法离开。"

我抬起头，非常惊异地看着他。我缓缓地把我那只抬起来要迈出湖山路的脚落下。隆隆的汽车声和新的早晨来了。我面对的骑士又照例牵上他的马在湖山路上游荡了。

红鞋

1

他冲着女人开了一枪，血汩汩地从她额头涌出来。他停顿了几秒钟，确定了她的死亡。于是转身离开。忽然身后的地毯发出索索的声音。他握紧了枪，立刻回身，他就看到了她。

四岁左右的小女孩，穿了一条浅枣子色的小连衣裙，露出像一截藕一样鲜嫩嫩的手臂。她学着鹅的样子，笨拙地从里面一间屋子走出来，嘴里还发着咯咯的笑声。脚上穿着的她妈妈的红色鞋子，像是踩着两只小船在静谧的海面安闲地行走。她对于枪声好像没有丝毫恐惧，甚至连头都没有抬一下。她是那种特别沉溺于自己玩耍的小孩，亦很懂得自己动手为自己创造快乐。

她走了出来，面向着男人。他们的中间横亘着一架尸体。那头颅还在流血，皮肤却迅速降着温度。她应是看到了地上的女人，看到了她像是一根被抛弃的火柴一样，湮灭了最后一丝辉光。可是这女孩完全不像寻常小孩子那样，惊惧地看着，发出凄冽的尖叫，或者奔过去，抱住她倒地的妈妈失声痛哭。她应是看到了，包括男人和他那把还在冒烟的枪，可是她仍是做着自己的事，踩着大如船舶的鞋子，夸张地拱腰前行。她的每一步都很不安稳，几乎马上就会摔倒。她喜欢这刺激的活动，仍是咯咯地笑。

女孩看见他在看着自己，于是转过身子，笑嘻嘻地向着他走过来。她笑得是这样地没心没肺，只是兀自拖沓着鞋子，企鹅般地摇晃前行。他看清了她的脸。她和死去的女人很像。都有长而大的眼睛，额头很高。不过她还小，是圆圆的苹果脸，眉毛淡淡的，头发软沓沓地贴在脸上。她的裙子很旧，胸前沾满了奶粉和粥之类白色的污渍，因为跌倒而磨破的地方露着参差的线头，看得出，这位母亲照顾她亦不算妥帖。不过她对这些似乎并不介意，脸上没有一点小女孩因着孤单而显露出来的委屈。她笑得是这样畅怀，向着他走过来，她走到她那倒在血泊中的妈妈跟前，只是伸出一只脚，用力一跨，就越了过来。仿佛地上的不是她妈妈，只是一块挡住了去路的石头。

当他看到她跨过她妈妈的时候，心里忽然非常难受。作为杀手，他见过的血腥场面数不胜数，然而他却觉得，没有比这一幕更加残忍的：无知的女孩从她妈妈的身上跨了过去。他不能再看下去，那女孩仍向他走过来，笑得宛如灼艳的小花，对暴风骤雨毫不知情的蒙昧的小花。他叹了一口气，手颤抖了一下，对着女孩的腹部开了一枪。女孩正在咯噔咯噔地套着大鞋子走路，枪声响起之后她静止了几秒，然后向后一仰倒在地上。两只鞋子飞离了双脚，像是忽然受了惊的鸟儿，登时冲上了天空。

两只鞋子掉下来的时候，重重地砸在女孩的身上。女孩的肚皮不断地涌出血，血迅速浸染了鞋子，红色鞋子变得有了生命般的活泼生动。

他舒了一口气，这场事，终于干完了。然后转身离开。

2

　　他再次回到这个城市的时候是六年之后。这六年里他仍是过着谋杀和逃亡的生活，虽然他早已厌倦，可是有些时候，延续从前的习惯是最好的生存之道。是的，杀人已经变为了他的习惯，他亦习惯了蓦地响起的枪声以及遽然倒下去的身体。他习惯那血和那濒死的人发出的呻吟。他对于生活并无任何渴慕和企止，倘若不是这样接收任务，然后完成，那么更加会是彻绝的了无生趣。

　　他回来的目的自然仍是杀人。并且他当然不会失手。他很快完成了任务，虽然被人发现了，但是他飞快地奔跑，不久就甩掉了后面追逐的人。

　　他又跑了很长一段，到了这座城市的郊外，终于停下来休息。他大口地喘着气，环视四周，发现身后是一个铁栏杆圈着的大院子。里面有很多小孩子。小孩子们年龄参差不齐，穿的都是些破旧粗糙的衣服，脸上沾满污垢。他绕着这大院子外面的围栏走，然后就发现了牌子：孤儿院。他其实已然猜测到，对于这地方，他并不感到陌生。

他记得小时候在孤儿院的时光。他记得每年过年，他和那里所有的孩子都会十分难得地穿上一件新衣服，迎接来参观的人，他们要一直微笑，不断鞠躬，不断说谢谢，以此来博得那些人的同情和欢喜，才能让他们心甘情愿地拿出钱来。他记得那时候他亦是和其他所有孩子一样，装出楚楚可怜的样子，有时候这样便能换得一小块安慰的巧克力。然而他感到了羞耻。他还那么小，可是当他表演着微笑的时候，他感到了像浓烟一样滚滚袭来的羞耻。仿佛就是一只动物，被关在笼子里，供人们来参观。小小的他环视孤儿院的围墙，这就是困锁他们的铁笼，而他又看看周围的孩子，他们对于这种囚禁无知无觉，还会因着今天多吃了一颗糖果而十分满足。多么可悲。十三岁的一个夜晚，他翻越了孤儿院低矮的围墙，来到了外面的世界。那个时候他是多么快乐，为了他终于抓在手中的自由。他感到自己终于可以不做一个被别人支配的人，甚或是动物。

也许是童年里有着这种被人支配和控制的恐惧，他对于可以支配和控制其他人有着无上的乐趣，尤其是当他可以对别人的生命进行控制的时候，他感到了前所未有的快感。

　　这是二十年后他再次来到孤儿院，并不是他儿时的那座，可是他看到了同样的情形，仿佛这数十年来从未变过：孤儿院的孩子们，脸上有着一种特殊的惶恐，他们会格外小心翼翼地走路，会格外轻声地讲话，会把仅有的糖果好好地攥在手心里或者放在最深的口袋里，怎么也舍不得吃掉。他的眼神一个一个地掠过那些孩子的脸，他们有着一致的麻木不仁的表情，眼神里没有丝毫辉光，偶尔发出难得的笑声是咔咔的，一点也不清脆。

　　就在他感到乏味并且想离开的时候，他又看到了她。他开始并没有认出她来，毕竟六年未见，而小孩的成长又是那样地迅猛。她起先是蹲着的。穿着一件藏蓝色的大裙子，应该是比她大的孩子穿旧的，对于她明显是太大了一些。她那么地瘦，宛如一根无依无靠的铅笔插在笔筒里一般地被圈在大裙子里面。她一心一意地蹲在那里观察一只翅膀受伤的麻雀。那麻雀大约是昨天下大雨的时候被打落的，支开爪子躺在雨后冰凉冰凉的泥土地上。女孩蹲着，用详细的目光看着它，带着一副科学家般认真的姿态。他的目光落在她的身上，因着她看起来很不同。在她的脸上，找不到孤儿院小孩的怯懦和委琐。她的脸蛋格外红扑扑的，眼睛时刻都瞪得很大，带着无所畏惧的坦然。她的身体格外灵活，即便是这样蹲着，亦像个隆隆作响的小机器一般左右摇晃。最让他震撼的是，她总是笑。他不知道为什么一只罹难的麻雀也能逗得她如此开心。她摇晃着小脑袋，嘴巴张着，仿佛在看一场精彩绝伦的马戏团表演。

他一直看着她，觉得这个陌生的女孩身上有一股蓬勃而神奇的生命力，令她像是疯长的野草般茂盛。他看到她伸出小手抓住了小麻雀的爪子。他以为她要抚慰这受伤的小动物，不料她忽然拎起小麻雀，并站了起来。然后她伸出手臂，把那只麻雀用力一甩，它就嗖地一下飞上了天空。它甚至没有来得及发出一声惨烈的哀鸣，就已经越过了孤儿院的围墙，落在了外面的草丛里——离他站的位置并不遥远。女孩一直看着麻雀在天空划过一个半圆，眼睛跟随着它，直到它堕地。她显得兴奋极了，小脸上流淌着石榴红色光芒。

他定定地看着她。他看到了她脚上的鞋子，她脚上拖着一双红色的女鞋，对她来说过分地大，而且非常旧，暗沉的红色上面有着斑驳的纹路和一块一块磨浅的赤露的皮色。像一张生满癣的悲苦交加的脸。

他的心中像是闪过了一道洁白的闪电。他再看那女孩，也许面容无法确认，可是她的神情和六年前那个闲然淡定地跨过她妈妈的女孩一般无异。是的。他想，这是她。她没有死。他忽然感到这女孩大抵和他有着无法割断的联系。那种联系像是一只在暗处伸出的手一般紧紧抓住了他。

他转身离开了。

傍晚的时候他再回来，手上拿着几大袋食物。巧克力，小曲奇，还有红豆馅饼。他以一个探望者的身份进入，和这群孩子见面。他把食物分给他们。他们果然像他记忆中小时候孤儿院里的小孩子们一样，受宠若惊地接过食物，紧紧地攥住，却不舍得吃。他走到了她的跟前。她的小手小脸都很脏，鞋子太大，小脚在里面来回晃，已经磨破了，又没有好好地治，流出脓汁。她却浑然不知，只是笑，自己玩着自己的手指——任何东西都可以成为她的玩具，此刻她正一块一块地从自己的手指上撕下泛起的皮。那好像不是她自己的手指，她全然感觉不到疼痛般的。他走过来，她就扬起脸看着他。他把她的小手拿起来，把一块小曲奇放在她脏乎乎的手心里。她看了一眼，漫不经心的样子。然后她把曲奇送进嘴里。曲奇有点大，她没有急着咽下去。就这样咬着，一半还露在外面，她就继续低头去玩她的手指了。她也不再看他，仿佛和他很熟悉，是天天都要见到的人。他甚至疑惑她是否还记得他。

　　他忽然把女孩抱起来，举过头顶。女孩的鞋子因为太大，都掉了下去。她赤着的小脚，在空中乱蹬。大约是碰到了女孩的痒处，女孩咯咯地大笑起来，含着的曲奇饼从嘴里掉了出来，砸了他的头一下。女孩看到了，笑得更加开心了。她还伸出手，咚咚地砸着他的头。女孩的裙子在风里整个刮了起来，他从下面可以看到女孩的身体。他看到了她肚皮上有道半寸长的伤口，早已愈合。她的皮肤十分洁白，而伤疤亦一点也不难看，它呈一个非常完美的圆弧状，像是女人饱满的嘴唇，矜傲地微微上翘。又像是一根姿态优雅的羽毛一般栖伏在她的身上。他惊讶于它的美。他一生见过无数伤疤，却从来没有一个，像她身上的这伤疤一样美好。他感到这是一件艺术品，而他正是这艺术品的创作者。

他把她举过头顶，她咚咚地敲着他的头，他半月前刚剃光了头发，现在只是长出短短的头发茬，敲上去格外地响。她非常欢喜这样的声音，所以不止地大笑。他抓着她的腰转起来，一圈一圈地，裙子像是雨天的伞，腾地一下撑开了，他不动声色地欣赏着那个伤疤。终于他腾出一只手，一直伸上去，触碰到了那块伤疤。它像是剔透的雨花石一般光滑，却有着海中软体动物般轻轻起伏的感觉。

他闭上了眼睛。并且他感到了生活的光。光，就从那个冷生生的子弹繁衍出的温暖伤口上溢出来。忽然间，他竟是如此感动。

很久之后，他才放下女孩。他帮她把她的小脚重新放进那双大鞋子里——他看着那鞋子，鞋子上斑驳的应当是曾经留下的血迹。女孩很喜欢这鞋子，它是她多年来一成不变的心爱玩具。

他决定带她走。

那个夜晚，他领着她走了。他又带着她翻了一次墙，他又带着她要求了一次自由。整个过程里，他获得了前所未有的好心情。他仿佛回到了他的十三岁。他轻巧地一跃而过，就翻过了那铁栏杆的围墙。而她就伏在他的背上，非常地乖。他翻过的时候，她以为自己飞了起来，于是又开始了欢愉的笑。生活对于她，像是一场又一场的游戏，总能令她兴奋不已。

她没有任何行李，除了脚上的红鞋。

3

他带她坐火车离开了那个城市。她脚上的鞋子太大，根本无法便利地走路，他就把红鞋收起来，然后把她背在肩上。一路上她一直在他的肩膀上生活，她非常习惯，于是变得怎么都不肯下来。他给她买了樱桃吃，她就把樱桃核从他的脖子后面吐进他的衣服里面。她有点感冒了，小鼻子不断淌出鼻涕来，她就也把鼻涕抹在他的背上。

他从那时就应当意识到，他太宠溺她了。他路过卖气球的，就给她买气球，她接过去的时候亦是欢喜，可是拿着玩一会儿，就放它飞走了。他看到卖棉花糖的，亦买给她，她吃得却不怎么尽心，弄得他整个背上都是。一路上，他还给她买了风车，买了甘蔗，买了一串一串的铃兰花。她都喜欢，都欢喜地接过去。可是把玩片刻就扔掉了。她似乎对这些东西都只有冷淡的欢喜，总也长不了。

他带着她来到一个陌生的小镇。因为他们坐了很久的火车，停靠在这个小镇的时候已是黄昏。他把头从火车里探出来。小镇的天显得特别高，初秋的叶子挂在树上，透出微微的桔红色，和傍晚时分天空中浮游的云霞纠缠在了一起，让这里看起来充满了母性慈爱包容的光辉。炊烟从附近低矮的楼群中升起来，带着南方特有的米香。他凝神地看着，而她忽然从他的背上跳下来，然后从他身前钻出来，亦把头探向窗外，看着，眨着眼睛。

他于是领着她下了火车。他们走进漫天的云霞里，小镇的音响店里放着粗犷的男声情歌，火辣辣的。这里的生活一定是很带劲的。

他没有再和她提起小时候的事情。她亦是奇怪的孩子，有着非常神奇的康复能力，就好像那块长在她肚皮上的伤疤一样。小时候的事情对她的成长似乎没有任何影响，她就像完全没有旁枝的小树苗一般地只是兀自生长，屏弃了所有阻悖她的。他有时想起她妈妈那倒在血泊里的脸，亦感到恻然。不过他转而安慰自己说，事实上他不过是一只用来行凶的枪，而她的母亲死于情杀。

他就是在去杀她的母亲的时候，才见到这女人第一面，虽然他之前亦听说过她，因她是有名的女画家。这位姿态优雅的女画家是上流社会的交际花，整日纠缠于豪门贵族的男子之间，生性风流是出了名的。人们传说她的女儿亦是来自于"意外事故"，没有人知道她的父亲是谁。不过好在这女孩并没有妨碍她的妈妈重返交际圈，她仍是那么地让男人着迷，男人为着她争风吃醋的事情时有发生。她生前最后一个情人是一个著名的作家，她对他似乎是动了真情，两个人迅速陷入了情网，在各种公众场合出双入对。男人亦是常常来女画家这里过夜。男作家的妻子终于不堪忍受了。可是她在家相夫教子多年，孩子亦已长大，她再无凭借可以与那丰姿卓越的女画家相抗衡。唯有男人自己回心转意。于是她找来了杀手。她给他丰厚的钱，要他去杀死女画家，当然，他会保守一切秘密，这是他的职业准则。

于是他来到她家，并杀死了她。不过遇见她的小女儿是计划之外的事情，而给她小女儿一枪则又是他职业准则之内的事，可是她奇迹般的没死却是意料之外的事情。更意外的是他再次见到了她。于是他又做了一件计划之外的事情，带着她走了。

他们在小镇落户，他买了舒服的房子。给她布置了一件华丽的小房间。她酷爱红色，他就给她买了玫红色的小床和洋红色的布沙发，配上深红色的落地灯，还有落叶红色的地毯。他把那双鞋子擦好，细心地涂好颜色，它又像新的那么红艳了。他把它放在她房间的陈列柜里，她常常拿出来把玩。

他从来都不懂怎么照顾一个小孩子，甚至连一个可以请教的亲戚都没有。不过好在他们的新家隔壁亦住着一位母亲。她家有个十一岁的儿子。她站在走廊里，看着他买了大件的家具搬回来，就和善地冲着他笑笑：你一个男人带着女儿可真是不容易呵。男人有点不好意思地笑了。以后这家的女人做了好吃的东西，就总是给男人和女孩送来一点。她很是喜欢这女孩，因着十岁的女孩已经长得楚楚动人。由于生活稳定了下来，男人又格外宠溺她，生怕她吃不饱，总是给她买些昂贵而营养富足的食物，所以女孩比从前胖了一点，脸颊更加红润。她的令人喜欢，还在于她对人总是一副漫不经心的散落样子。隔壁的女人给她拿来糕点，她只是塞进嘴里，从不道谢，亦不看女人一样。可是似乎没有人觉得她这样有什么不对，仿佛在她的身上，有一种与生俱来的高贵气质，致使人们感到她怎么傲慢都是不过分的。

男人送女孩去上学，女孩一点也不喜欢学校。她常常上着课就走出教室，站在正午浓烈的阳光下观察旁边大树上的鸟巢。她可以一直这样仰着头看着，很着迷。她于是决定爬上树去。她很擅长爬树，细长的手臂和腿非常灵活，好像是一只本来就属于森林的小松鼠。她爬上树去只是为了把那鸟巢里的蛋拿下来，她把蛋放在手里，仔细端详一会儿，然后她就把它抛向空中，这正蜷缩在蛋壳里，一心一意等待降生的小生命就这样变成了一滩稀烂的蛋浆。她当然又会露出满足而畅怀的笑容。

男人把她从学校领回家。他有些不知道拿她如何是好。可是又忍不住宠溺她。他带她上街的时候，有贵妇牵着小狗从身边走过，她一直看着那只小狗，男人觉得，她可能喜欢小狗，也许给她买只小狗可以让她懂得怎么照顾小动物，多一些关怀的爱心。于是男人给女孩买了一只毛色纯正的腊肠狗。小狗很小，生着一双杏核眼，蕴着一层薄薄的水，很让人生怜。男人又给小狗买了竹篮子编的小窝，买了狗链和洗澡用具。然后他把这些都交到女孩的手中：

小狗现在是你的了，你要好好照顾它。

女孩起先和小狗还算和睦。她喜欢牵着链子带它上街。可是后来她开始和它打架，把它当作自己的敌人。男人发现女孩的嘴角有被抓破的痕迹，而小狗的耳朵亦不断地流血。男人说：

你要好好待它，它会懂得，自然会和你做朋友。

女孩却也没有因为被小狗抓伤而伤心或者愤怒。她十分喜欢这个新敌人，她喜欢和它作战，把它逗得愤怒得全身得毛都竖起来，发出自卫的哀叫。

在不久之后的一天，男人发现小狗死了。死在它的小窝里面，身子直挺挺的，小爪子翻起来向上。男人蹲下来看它，发现在它的前额上，有一枚深深嵌进去的钉子。血从伤口涌出来，宛如一朵开在它头顶的芍药花。男人心中凛然，他开始觉得，这女孩像是上帝对他的一种惩罚，要让他亦感到内心恐惧——他一直以为作杀手那么多年，他早已不知道什么是害怕。他抱着小狗的尸体走到女孩面前，女孩没有丝毫抱歉，她安然地看着它，也许心中有的只是略微的遗憾，这个最棒的敌人终于离开了她。

隔壁女人家的儿子有点呆滞，可是人却很好，并且十分喜欢女孩。男人便让她带女孩上学去，再和女孩一起回来。女孩总是把书包让他帮忙背着，自己一个人在前面悠悠荡荡地走。男人在阳台上看到，感觉到女孩长大了肯定和她妈妈一样，是个让男人们牵肠挂肚的妖精。可是他想到这里竟感到心里酸酸的，他不想有哪个男子把她带走，他想到那男人将抚摸她的身体，粗拙的手从她的身体上掠过，亦会经过那道伤疤。他觉得那伤疤是女孩特有的，吸聚了她身上所有奇特而诡异的气质。而那是他给她的，他给她那个伤疤宛如给了她再一次的生命。他希望女孩像一件珍宝，像一件艺术品一样被他珍藏着，他不会让任何人碰她。

女孩读初中了。十分迷恋恐怖电影。他常常买了碟片，和女孩一起观看。他和女孩并排坐在沙发上，他能感到女孩看得聚精会神。女孩不像那些寻常的小姑娘，她看恐怖片从不会感到害怕，亦不会尖叫。她只是看着，看到十分血腥或者惊惧的镜头，还会露出一副心满意足的表情。这让男人有点怅惘，男人也许更加希望女孩可以如寻常女孩那般，那么当她看到害怕的地方，她就会钻到他的怀里了——他一直没有抱过她，因着他从来都是不懂得向别人索取的人，在他的心里，人与人之间是彼此独立并且毫不相欠的，他从未指望过谁会给予他什么，帮助他什么。而他亦没有想过要帮助别人什么。可是对女孩除外，他对女孩的给予是一种根本无法控制的情感，他对此亦感到困惑。总之，他不会向女孩要求什么，哪怕他心中有企盼。

那日他们看了一部电影，女人和一只大狗寂寞地住在非常大的院子里面。女人十分宠爱大狗，可是不喜欢它的牙齿，女人就用冰塞在狗的嘴里，直到狗的口腔里变得没有痛觉。然后她用钳子把狗的牙齿一颗一颗地拔下来。狗张着血淋淋的嘴，女人却很开心，她亲吻了狗，狗的嘴里只有肉泥般柔软的舌头，多么好。

女孩看这段看得格外认真，她的眼睛圆睁着，像是进入了一片从未到达的洞天。她那么尽心地看着，仿佛在进行一场观摩学习。

没过几天之后，女孩就做了这场观摩学习的练习。那天女孩比平时晚回来一些。但是并无异常。她照旧吃饭，看电视节目，听乱糟糟的音乐。忽然男人听到有人砸门。还有女人发出的哭号。他开门一看，是住在隔壁的那个女人。那个女人已经哭得满脸是泪，她见了男人就大喊：

你的女儿她是人吗？她是不是人啊，还是妖精？

女人的身后站着她钝滞的儿子。男人看到那男孩满嘴都是血，还有淡色的组织液，粘稠地混在一起，像是个不断涌出臭水的阴沟。他张大了嘴，男人看到，他嘴里一颗牙齿也没有了，空洞洞的口腔和前些天他们在电视里看到那只狗的，一模一样。

4

　　男人给了隔壁的女人一大笔钱，然后他带着女孩搬走了。他们一共在小镇上住了三年，现在又上了火车。男人把屋子里面的多数东西都送给了那位心灵受到严重创伤的母亲，不过他还是给她带上了红鞋。

　　在火车上，他们面对面坐着，徐徐的颠簸状态让她宛如一片小小而顽皮的云彩，在他的眼前悠悠地漂浮。他看着她，他很久没有这样正对着她，看着她。而她现在已经十三岁，他在她的床头看到过卫生巾的袋子，他知道她已经来潮，是个大姑娘了。并且她和她死去的母亲越来越像了。她生着饱满的额头和脸颊，下巴却是尖尖的，是非常媚人的一类长相。眼睛是长而大的，瞳仁格外明亮，而她的嘴唇略厚，尤其是上嘴唇，像是两片依偎在一起的花瓣，妩媚动人。她喜欢把头发分成两半，束起来，挽在头顶，像是十八世纪的法国公主——这是她从电视里学来的，她已经很懂得如何让自己更加动人。而挽起头发恰恰就露出了她的锁骨。她的锁骨十分凸出，如果她耸一耸身子，锁骨的位置就会形成两个凹陷的长圆形小碗，洁白如莲花瓣的形状。她仍是瘦，手脚都细长，尤其是手指，他猜想也许是遗传了她母亲的艺术天分，天生有一双用来作画的手。他的目光又落在她的脚上。她的脚天生格外细长，透露了她注定的好身段，这样的人是一生都不会胖起来的。她已经不再穿着她妈妈的那双红鞋，可是仍旧喜欢着红色鞋子，他亦看到红色鞋子就买给她。所以她已经有很多双红色鞋子，小方口的，系着纤细的红色小丝带的，绣着波斯菊的，镂空梅花的，嵌着星星点点的小碎钻。她格外喜欢夏天，她可以赤脚穿着红鞋，随时可以脱下来，把小脚放在阳光下面晒一晒。

他看着她，不动声色地看着她。他努力不泄露出自己对她的迷恋，然而却是一件越来越难的事情。他终于问她：

为什么拔光人家的牙齿？

他要亲我，我就说，让我拔光你的牙齿我就让你亲我。他是自己甘愿的。她说完，对着他抿嘴一笑，坦然而又无辜。

他说，你可知道我是做什么的？我是个杀手。

女孩点点头，一点也不惊奇：我知道你是杀手，我摸过你的枪。它很棒。

　　他们第一次说到这些。之前男人从未对女孩提起过自己的职业。事实上三年里他一次也没有离开过小镇，对于找上门付他酬劳要他去杀人的，他亦一概推辞掉。他原本觉得不再需要那么多的钱，而他更为担心的是，逃亡的生活会给女孩带来危险。他只是希望好好地把女孩像珍宝一样看护好。

　　他和女孩相处的这三年，获得了前所未有的恬淡。他买下的房子有个小园子，他便在里面种些花和蔬菜。每日清早，女孩去上学之后，他就穿上靴子和简单的粗布衣服，挽起袖子在园子里忙碌。然后给女孩准备午餐。他从未想过自己会做饭，过去他只是匆促地穿街而过，给自己买一块热乎乎的烤红薯或者一根油渍渍的烤香肠。有时候刚拿到了一笔钱，他也会去最高级的餐馆吃一顿格外好的饭算是犒劳自己。那个时候他一个人坐在铺着绚烂的桌布的餐桌旁边，面前是一大桌精致的饭菜。每每那样的时刻，他都会遭受一种难捱的寂寞的侵袭，也唯有是在那个时刻，他会忽然感到希望有人来和他分享这些。可是在这三年里，他居然让自己平和耐心地在厨房里研究一条鱼的做法。这样的变化，有时候他自己想到亦觉得心惊，如果不是这女孩有深深抓住他，令他深陷的法力，那么又是什么。

　　他不知道为什么就在他们坐在火车上这个看似平静的时刻，他忽然告诉她，自己的身份。他猜测可能是因为他已经渐渐感到这女孩已经太多太多地牵制着他，女孩的力量在以一种无法估测的速度迅速膨胀。而他觉得他就要不能控制她了，事实上，他从未控制到她，他一直在妥协，在宠溺她。所以他蓦的觉得，也许在女孩心里，他只是个十分龌龊的中年男人的形象，这令他懊恼不已。于是他决定告诉她他的身份。

可是女孩是这样地冷淡和镇定。他开始怀疑她一直记得四岁的事。这让他有些不安。他一时失措地问：

你还知道些什么？

女孩也不看他，她把鞋子蹬掉，把两只露在裙子外的腿都拿到座椅上来，笑吟吟地说：你来孤儿院接我，还一直留着我妈妈的红鞋，你是不是我妈妈的情人？或者你根本就是我爸爸也不一定。女孩大概觉得这是一件十分有趣的事，她狡黠地耸了耸肩。

男人愣了一下。他从女孩脸上散漫的表情可以推知，她应该的确不记得从前的事。于是他痛苦的摇摇头：

我不是。不是你父亲，也不是你妈妈的情人。

女孩感到男人有些不安，可是她仍是看也不看他一眼，只是微微一笑：

你不必慌张，这些我一点也不关心。

男人看着女孩，女孩已经把脸看到窗外去了。她的冷寂和漫不经心总是一次一次刺伤男人。男人忽然想对着她大吼，是我杀了你妈妈，你看着我！你看着我！他宁可女孩痛恨他，来打他要杀他，也不要女孩用这样一副漫不经心的态度对待他，这是一种最最冷漠的忽略，这是最最绝情的否定。

男人恐慌极了。因着他忽然发现女孩已经长大，那么大，他和她已经相处了三年，却似乎并没有把丝毫他的付出融入到她的生命里，她像是先天失聪的人，完全不能接受他传递的信息。然而残酷的是，他仍要天天面对她，并且他已经不再是从前那个凌厉的杀手，他已经因着她，沦为一个庸碌无用的男人，做饭，照顾她的生活。

他的确想大声喊出来：是我杀了你妈妈，你看着我！你看着我！然而他还是控制住了自己。火车还在疾驰，大片大片的风从窗外飞进来，他坐定，慢慢地让那些郁结在心中的愤懑和怨悔一点点散去。

火车中途停在了一座城市。女孩看到隐没在树木后面的摩天轮在天空上挂着，白色的骨架还有花花绿绿的小圆屋子。孤儿院和她前几年住的小镇上都没有摩天轮，她也只是在电视上看到过。所以她好奇地看着，又是她那富有研究性的眼神。她甚至还看到了一只热气球在缓缓地升天，上面还有几个雀跃的小脑袋。她只是看着，不说话，亦不会向他提出什么要求。但是他早已懂得阅读她脸上的表情，他知道她对这城市有渴望，她希望融入，可是她不会说，她永远是这副可恨的漫不经心的样子。他终是不能让她心中有半点遗憾的，于是他带着她下了火车，他们到了这座繁华的城市。

应接不暇的新玩意儿。他带着她去游乐园坐摩天轮，过山车以及疯狂老鼠。她不像那些娇怯的女孩，她不会发出尖叫。任凭她的身子被那些呼啸着的大型玩具正过来翻过去。他看得出，她喜欢这些，她喜欢一切刺激的东西。

男人决定和女孩在这座城市留下来。

这是个昂贵的城市，到处充满了物质的气息。金钱交易像苍蝇一般在每个角落滋生。男人并不喜欢，可是女孩喜欢，所以他决定留下来。几年没有工作，他平日和女孩的生活亦是奢侈，加之作为补偿，给了隔壁女人大笔的钱，现在他已经没有太多的钱。他只是租下了一套还算舒服的房子，买了简单的家具。生活仍是如他们从前在小镇上那般地继续着，他给女孩选了一所女校，希望她尽少地和男子接触。他每天骑着一辆摩托车送女孩去上学，然后拐弯到菜市场去买当日新鲜的蔬菜。女孩喜欢吃活鱼煮的白汤，所以他常常跟卖家订一只刚从河边运过来的活鲫鱼。然后他接女孩放学。他喜欢这上学和放学的一来一回。因为在摩托车上面，女孩会抱着他的腰。女孩的手小小的，放在他身上像是两朵吸在他身上的小海星。这城市临海，他们沿着海边的日落大道回家。海风吹起他的衣袂和她的头发。他和她一路上都不说一句话，有时候天气炎热，他半途中停下来，给女孩买一只小花脸的雪糕，然后他就启动马达继续行进。女孩仍旧和小时候一样，吃东西很不安分。他回家脱下衣服来，看到汗衫上沾满了冰淇淋的糖浆。可是他心中却感温切，像是又回到了几年前，女孩的小时候。

　　他们住的房子有两间，他和女孩各居一间。可是两间房子是并排的，中间隔着一扇大窗户。虽然有窗帘，不过他选的这窗帘十分淡薄，几乎是透明的纱絮。他可以透过窗帘看到女孩，每个夜晚吃罢晚饭，女孩就回房去了。他亦回到他的房间。他打开电视，坐在沙发上，却心绪不宁地总是去看那扇窗户，他可以看到女孩换衣服，喝水，照镜子，跟着唱片跳舞。那窗户对于他的吸引力显然远远超过了电视，他在不察觉间已经变得专注地看着那扇窗子。他觉得自己亦不是贪恋美色的人，相反的，他一度认为自己根本是不需要女人的。他觉得她们流俗，是些嫌贫爱富的下贱动物。他的身体对女人亦没有欲望，这也许和他杀过很多女人有关，他潜入女人的卧室，把女人杀死在浴缸里或者床上。女人的身体也许还是赤露的，但是在他离开的时候，女人一定是倒在血泊中的，血液的流失离开改变着女人的形态，他觉得，她们倒在那里，身体就像一块皱巴巴的抹布一样，拧满了皱褶。他脑中女人的形象永远都定格在那一刻。那和美无关，亦和欲望无关。

　　然而这女孩，他却甘愿一眼也不错过地看着。他喜欢她换衣服时候伸起胳膊，露出小腹上那道伤疤的样子，宛如一只蚌正在缓缓地打开，呈现出它中间的那颗璀璨夺目的珍珠。可是他亦喜欢她拿起大玻璃杯喝水，抓起自己的一绺头发把玩的动作，他喜欢她十分自恋地对着大梳妆镜审视自己，他亦喜欢她有点小感冒，忽然打了个喷嚏，然后不经意地伸出手揉一揉鼻子。他喜欢她的一切动作，这显然超越了对一个女人的爱慕和迷恋，她是他的小工艺品，她是他的无价之宝。

女孩对于男人的目光一定是有所察觉的。可是这目光对于她似乎是透明的，她一点亦不介意。她房间的门从来也不关，她在他的目光下脱衣服，抹润体露，试胸衣，涂指甲油。而那扇窗户她全然当作不存在，窗帘有时也不拉上，甚至有时窗户亦打开，男人就能闻到冲鼻的香水混杂着指甲油的味道。有时候她洗澡，忘记带换洗的衣服进去，裸身就从洗手间冲出来。她就是这样的无所谓。

每个早晨，男人醒来，他透过大窗户看，女孩还睡着，他看她一会儿，然后拿起烟走到阳台上去。有时候他也会拿起他的枪来抚摸，可是他竟然开始觉得它沉重并且冷冰冰。他竟然嫌弃它了，这跟随了他数十年的伙伴。他放下它，透过清晨薄薄的雾对着缓缓露出脸的太阳发愣。他觉得其实对生活已经没有再多的要求，只是这样安和地和女孩过着，像个毫无特长，趣味索然的中年男子一般他亦是甘愿的。

5

　　女孩过十五岁生日。他带女孩去最大的商场，让她随便选礼物。女孩看上了一架小型却功能俱全的相机。他于是买给她。她很开心，一路上喀嚓咔嚓地乱照。她也对着他照，他蹙了一下眉，头一偏，躲开了。他严肃地说：

　　我从来不拍照的。除非我被警察抓住，必须拍留案的照片。

　　女孩耸耸肩，吐吐舌头。转而去拍别的东西了。

　　女孩从此迷上了拍照。她随时把小照相机带在身上，到处喀嚓喀嚓地按快门。她拍的东西亦都像她的人一样与众不同。她似乎对于表现生活中的美毫无兴趣。只是喜欢那些骇人的，悚然的东西。有时候男人看到那些照片，很奇怪她是如何找来这些素材的。瘸腿的狗，身上勒满了白色的尼龙绳子，四脚朝天；一只青蛙被漆成了鲜红色，蹲在一片荷叶上，一动不动不知死活；一个满头长满瘤子的丑陋老妇，心满意足地大口吃着一只腐烂透了的苹果……女孩非常迷恋她自己的杰作。她把它们一张一张贴在自己房间的墙上，她的床头，写字台前。

她开始不让男人送她上学去。她说她要在路途中拍照。男人从来就不会勉强她。于是男人就同意她自己去，自己回来。她回来的时间越来越晚。男人亦克制着不问她，只是默默地观察着她。她已学会自己洗照片，每个晚上都会把白天照的底片拿出来摆弄半天。男人就这么看着她墙上的照片多起来。

终于有一天，男人在照片上看到了陌生男子的裸体。他身体像是被狠狠地刺了一下。他掉身离开，心中却带着极大的怨怒。

晚饭时间，他们都闷头吃饭，不说话。可是看起来都有话要对彼此说。最终还是女孩开口说：

我想要个新相机，最好的那种。

这是女孩第一次开口向男人索要什么。这是她第一次向男人提出要求。在此之前她一直是一副对一切都无所谓的态度。所以男人应该感到很开心，因为女孩终于对他有所要求，而他对于女孩，并不是毫无用处的。所以他理应答应女孩。可是时间不对，这个时间他的心里正十分难受。他觉得这照相机像是一个有魔法的盒子，从它的里面放出了可怕的邪恶的魔鬼，而女孩被这魔鬼诱惑了，她越来越走向一条背离他的道路，他根本无法抓住她。所以他说：

你不是已经有一个了吗？并且你对它已经过分着迷了，你不觉得吗？

女孩愣了一下，冷冷地一笑。女孩一定没有想到男人会拒绝她的要求。她被宠溺惯了，什么都不用开口就可以得到。她以为自己一旦开口，更是什么都可以达到。可是男人却拒绝了她。她并没有继续央求，她再也不说话。男人忽然有点懊悔，他觉得他不应该拒绝她的，他怎么能拒绝她呢。可是这个时候女孩已经站了起来，离开了桌子。他们一个晚上都没有再说一句话，不过女孩看起来亦没有什么反常，她仍是洗她的照片，晾起来，洗澡等等。

第二日女孩照常去上学。男人一直看着她在自己的身前走来走去，却不知道该说什么。当天晚上女孩没有回家。男人从晚饭时间开始等，终于等到了不耐的时刻。于是他出去寻她。可是他完全不认识她平日里结交的朋友，他去了空荡荡的学校，却一个人也看不到了。他只好沿着她放学回家的路漫无目的地找。他找了海边，找了附近卖照相器材的商店，找了超级市场，便利店，饭馆……可是他都不能找到她。所有的商店都关门了，他黯然地回到家中。这是她第一次夜不归宿，他不断地埋怨自己，如果自己同意了她的要求，那么就一定不会这样。他从没有这样后悔。

他一夜未睡，坐在客厅里，听着外面的动静。他希望忽然间有她上楼的脚步，然后是她旋开门的声音。可是已经是午夜，整幢楼里都是死寂的一片。

他一直这样坐了一夜。

第二天天亮了她仍未回来。他又开始出门寻她。他去了学校找她，得知她已经两天没去了。他更加焦灼，询问同学。似乎女孩平日里和同班的同学关系都十分寡淡，没有人知道她的去向。他在中午的时候返回家。他拧开门的时候，发现门已经打开了，他连忙进去，——她已经在家了。

他走到她的面前。她正在吃一碟昨天剩下的冷饭，大口大口地把已经干掉的米粒送进嘴里。他忽然那么心疼，他猜测她应该两天都没有吃东西了，只是为了和自己怄气。他走去厨房，很快地炒了一碟碎玉米，做了一个鱼汤端出来。他把这些端到她的面前。她看见了就立刻吃起来，看起来是饿坏了。她不解释什么。他亦不问。他心中已觉得宽慰，只要她回来，他觉得已是足够。她一个人喝光了所有的鱼汤，吃下了整碟玉米。然后她回房间去了。

他仍能够从大窗户里看到她。他惊讶地发现，她正从书包里掏出来的东西，是一个很大个头的照相机，他没有见过，不是从前的那一个。他惊了一下。他冲到她的房间：

你哪里来的这相机？

别人送的。

不能凭白要别人的东西。男人厉色地说。

不是凭白。我们做了交换。女孩立刻反驳道。

你拿什么换？男人反问道。

我陪了他一天一夜。女孩回答，亦是淡定坦然。

你陪他做什么？男人愤怒了，吼道。

做爱。女孩毫无羞耻的颜色。

男人终于听到了这样一个答案。这也许是他最害怕的事情。害怕到他想也不去想。他总是回避这样的想法，因着担心自己首先受到伤害。可是却仍旧发生了。他的小艺术品，他的宝贝。他心中有着慢慢裂开的沟壑，他心碎地低声说：

你怎么这么贱？就值一个相机的钱吗？

女孩嘴角提了一下，慢悠悠地说：

你不是也一样吗？你从前做那些交易的时候，可能还不值一个相机的钱呢。这没有什么可耻的，劳动所得，不是吗？

男人一时无话。他看着她，这不是一个15岁的女孩。他也许搞错了。他从领起她的手带着她走的那一刻起可能就错了。她其实是他的一面镜子。他在她这里看到了自己。这也许是为什么他第一见到她，就感到一种十分劲猛刺眼的光。因为她是他的镜子，她反射了他身上所有锋利的，尖锐的东西。

男人终于感到，自己一直怜惜这女孩其实是可怜他自己。他的冷血有时候让自己感到虚空，他无法和自己对话，和自己交流，因为他是个刀枪不入的怪物。他找到了她，把她领进了自己的生活，这其实是找到了另外一个和他一样完全没有温度的人和自己对峙。他们就像两面墙壁一样，都这样冷森森地面对面耸立着，他可以通过她听到自己的回音。所以注定他无法进入她，无法伤害到她半分，因为她会把他施于的伤害都反回来。

他痛苦地摇摇头。他的女孩还站在他面前，她站得松松垮垮，重心都在一只脚上。整个身体是斜着的。这女孩自小就是孤儿。她没有父母亲教给她应该如何站。她就像放任的野草，肆意地疯长，毫无规则界定。不知道该如何做一个寻常女孩，这和他一样。可是他以为他可以给她很多东西，令她看起来像个正常女孩。眼下看来他还是失败了。

他带着严重的挫败感回到自己的房间，关上门。可是当他听到她在隔壁的房间唱歌，他仍是无法做到不去看她。他看到她在一边唱歌一边摆弄她的新相机。她用它给自己拍照，不断地对着相机做出各种妩媚的姿态。噘起嘴，弄乱头发，瞪圆眼睛。然后她拿出了她柜子里的红鞋。那么多的红鞋。她把它们都放在地板上，排起来，像是一只一只捕获的鱼要放在炽烈的阳光下晾干。她开始给它们拍照，然后穿上它们，给自己的脚拍照。她的表情很欢喜，不断地从那些鞋子之间跳来跳去。

男人倒头睡去，把自己蒙在被子里，她的歌声仍在，像是一种魅惑的歌剧背景，根本无法消去。

6

　　男人醒来的时候女孩已经不见了。他推门走进女孩的房间。地板上仍是堆满了鞋子，各种红色的鞋子，看过去像是一块令人眩晕的烟霞，迫近而来，令人窒息。房间里的一切都好像从前那样，除了女孩不在了，还有她妈妈的红鞋。她带着它走了。男人环视，看到写字台上有小纸条的留言。他拿起来读：

　　我去远一些的地方拍照了。我会告诉你我去了哪里，你来找我。

　　男人其实已经想到，女孩终是要离开。她就像他喂养的鸟儿，终于振翅飞翔。可是令他感到怅惘的是，她对他说，我会告诉你我去了哪里，你来找我。

你来找我，她说。这句话足以令他无限感动和企止。这至少令他相信鸟儿还是他的，只是出去玩耍，总还是要回来的。

男人叼上一根烟，坐在阳台上看早晨的太阳。他忽然像是被掏空了，他不需要给女孩准备早餐，不需要去买鱼和蔬菜。他也不会再透过大玻璃看到她，看到她换衣服，露出她那迷人的羽毛状伤疤。

接下来的时间男人进入死寂般的等待。这等待就像一种冬眠。他觉得自己渐渐超越了寻常人间的生活，几乎不出门，不见任何人。每天只是喝一些生水，煮家里储备的米吃，然后就是睡眠。他有着长长的睡眠，总是不断从一段睡眠跌入另一段睡眠。他开始觉得这是一种不好的预兆。因为梦里总是女孩小时候的模样，她摇摇摆摆地冲着他走过来，穿着她妈妈的大鞋子。她冲着他笑，那是她最本初的样子，像个微缩的精灵，瘦小的身体里包藏着一些无法参透的玄机。她似乎并不对于未来要发生的一切都很明了，有着那样的通透。又似乎什么亦不知道，只是这样这样对他逼近。他在梦里看着她，直至泪水涌出。

女孩寄回第一封信是半个月后。邮差笃笃地扣响了他家的门，看到一个满脸胡子茬的男人露出一只藏在蓬乱的头发里的忧郁的眼睛。他像是拿到了失而复得的无价之宝一样地从邮差手里接过信。他脸色苍白，手指还在颤抖，紧紧紧紧地抓住了那封信。

果然来自女孩。

女孩说，我被人绑架了，不过很平安。你带 10 万块钱来找我。我也不知道我在哪里，不过我照了照片，相信你能找到。

照片上是女孩带走的那双红鞋，红鞋挂在一棵夹竹桃的枝子上，背景上是大片微冷的紫红色的夹竹桃，非常繁盛。那种颜色他有些记忆，是女孩常常用来涂在指甲上的颜色，这样的红色比大红色要阴翳，比紫色又温媚。她十分偏爱，喜欢把手脚上的指甲都涂成这样的颜色。

他抓着那张照片。那是他唯一的凭借。

女孩的来信把紧紧板结在他身上的冬天的冰完全撬碎了。他的冬眠结束。并且，他开始忙碌起来。他现在需要钱。他还需要找到那个满是夹竹桃的地方。在一个新的清晨到来的时候，他猛然拉开那个已经开始结蜘蛛网的抽屉。哗啦。那把枪在里面发出金属滑动的声音，它似乎已经在那里等候多时。他拿起它。它慢慢地变得温热起来，因着吸纳了他的体温。

他常常想，杀手之所以无情是因为杀手需要驯养他的枪，把自己的一部分血热传给了枪，这是他必须交付的。

他重新回到他的杀手公司。戴着墨镜的老板仍旧坐在豪华的沙发椅上，幽暗的房间里仍旧恭恭敬敬地供着神台。可是无法改变的事实是，杀手已经老了，他在这里看到了许多替代他的少年。他们都如他的当年一般壮实神勇。然而他需要钱，他恳请得到一个重大的任务。他玩了几下枪，让那些人相信他仍是百发百中的杀手。

他最终还是获得了一个任务，于是他把自己关起来，开始练枪。与此同时他买了这座城市及其周边地方的地图。开始寻找那片夹竹桃林。他握枪的时候心中总有杂念，这很糟糕，他的手不断发抖。因为他惦念了她，他频繁地想起，她此刻是不是还好。她是不是有饭吃，她是不是可以睡在温暖的房间里，她是不是可以如从前般的自由，为所欲为，她是不是跟其他男人在一起，她和他是不是此刻正在床上睡觉。他最终还是会回到这个问题上，而这个问题一再伤害到他。他努力地集中精力，射击，那震落树叶的声音竟然开始令他自己发抖。

他最终还是杀了要杀的人。只有他自己清楚，这一次比从前任何一次都还要艰难。不过这些于他是可以忽略不计的，最终他拿到了钱，这就足够了，不是吗。他握着钱，抓上地图去找照片上的地方。

男人打听到附近有个出名的山谷。山谷以漫山遍野的花朵以及险峻的地形闻名。最重要的是，那里有大片夹竹桃。于是男人前往。

7

　　男人找到女孩的时候，女孩正在一个小花园里晒夹竹桃。她
手里捧着很多很多的花瓣，放在一个石臼里面，然后她捣碎它们。
他在花园外面透过栅栏看她，她穿了一件他没见过的堇色无袖长
裙，裙子是纱制，半透明质地，下摆镶着细碎的小贝壳。她纤细
的手臂从裙子中伸出来，用力地捣着花瓣。头发分别从两侧垂下
来，随着她每个动作轻轻摇动。这一刻她看起来是十分恬淡的，
他竟然有些不认识她了。就像她被驯服了，变得温顺如寻常居家
的女子。他不唤她，只是看着她。她又拿起一只玻璃喷洒，把里
面的清水混入石臼里。然后搅匀。男人以为她要染指甲，可是发
现她走进了一扇门，再出来的时候，手里抱着一只猫。白色的猫

又被她五花大绑起来，身上缠满了麻绳。他注意到猫的嘴是张着的，似乎已经不能合拢，不断地流出红色的口水，应该是又被她拔掉了牙齿。她还是这样，一点也没变。他叹了口气。可是他转念又想，如果她当真出来几日就变了，那么就说明别的男人可以改变她，只是他不行，难道他不会更加伤心吗？此时他又看到她拿起身旁早已准备好的一把扁平的刷子，然后蘸满了红色的夹竹桃汁水，刷在猫的身上。她又露出了快意的笑容。在猫的哀叫中她变得越来越欢喜。最后猫变成了紫红色。她把麻绳解下来，猫的身上尚有白色的花纹，这样看去像是一只瘦弱的斑马，紫红色斑马。他发现事实上这只猫已经没有能力逃走了。它的脚是瘸的，企图逃离却歪到在地上。它的脖子上还有绳索，女孩抓起绳索就牵着猫走，猫根本无法站立，几乎是被硬生生地扯着脖子向前拉去，紫红色的猫奄奄一息。她走了一段，到旁边的桌子上取了自己的相机，喀嚓一下，给她的杰作留下了永久的纪念。

女孩并没有欺骗男人，她的确被几个比她大不了几岁的男孩虏获，并关在这个园子里。可是他们对女孩并不坏，常来和女孩一起玩，给女孩抓来猫，采来夹竹桃，还给女孩买了新裙子。女孩在这里玩得亦是十分开心，并不急于离去，漫不经心地等待着男人来"救"她。她对此应是十分有信心，她知道男人必然回来搭救她。

男人和那几个男孩见面。付了钱。领着女孩走。男人回身看到，那几个男孩把女孩玩剩下的猫投进了一口井。他听见咚的一声，并且可以想象，清澈的井水立刻和紫红色花汁混合……他看女孩，女孩若无其事地走在前面，对这声音毫无反应，而手里仍旧拿着相机到处拍。

他带女孩回家，生活照旧。

然而这只是一个开始。女孩开始不断地离家出走。每次都只是带着她的红鞋和照相机。他开始觉得这是她和她的母亲在气质上的某种暗合。如果这亦可以算是对艺术不竭的追求的话，那么她的确有着孜孜不倦的探索精神。男人常常在清晨醒来，发现女孩已经不见。她也不再给他留下字条。但他知道她不久会来信。她仍旧是那种平淡的口吻，仍旧不会忘记和他做个游戏，不透露行迹，只是让他去寻找。每一次，他都只能收到一张照片。照片上是她的红鞋。或者在乳白色细腻的沙滩上放着，或者在一只雕塑前面放着，或者根本毫无头绪，放在一个乱糟糟的集市里面。他都要认真地看，耐心地去寻找。并且有时候亦会给他带来新的麻烦。她弄死了动物园价值连城的孔雀，要他去赔偿；她去赌钱，欠了大笔的债务……

男人唯有不断地接受任务。而他的杀手公司当然已经察觉他的衰老——他已经不适合再做一个杀手了。所以他们不再派发给他新的任务。可是他却不断索要，终于，他开始脱离他的杀手公司，直接上门去和雇主联络，他就这样开始抢杀手公司的生意。

他已经癫狂了，在他迫切需要找到她的时候。如此这般，他才可以得到足够的钱，这是他去找她的凭借。每次如是，他的怀里揣着装满钱的牛皮纸信封去找女孩。按照照片上的蛛丝马迹，宛如最高明的侦探破案那般地寻找。他在每次找到她的时候都感到精疲力竭，可是他看到的却是一个精神饱满，生气盎然的女孩。女孩必定过得还不坏，多数时候是和一些男人在一起，他们都很"照顾"她。不过她还是玩着自己的，沉湎于自己创造的游戏中。其实她的世界里根本没有别人，永远是她自己的自娱自乐。她带着她的相机，弄些越来越古怪的东西拍着。被拔掉浑身羽毛的死孔雀，身上插满孔雀毛的刺猬，裸身的男人排成队爬树。他每次历尽千辛万苦找到她，然后把她带回来，虽然他知道她很快又会跑出去，但是这个过程对于他而言依然重要。他现在的生活除了找寻她，还剩下些什么呢。

他格外珍惜她在家的几日。他喜欢每天都对着她。他再也不顾忌地看着她。她换衣服，她洗澡。

那日女孩看到他在看着自己洗澡，于是叫他进去。他和她同在狭促的浴室里。他那么近地看着女孩的胴体。他颤微微地伸出手，触碰那块伤疤。那是他在这女孩身上留下的印记，有它为证。他想也许这就是命定的安排，他给予了她这块差点要了她的命的伤疤，可是她回馈给他的是一种生生不息的牵引，他必将追随她，拿出自己所有的来给予她。他触摸到了那块伤疤，在那么多年后，它变得更加平顺光滑，像是一块放在手心里的肥皂一样温润。可是也正是像肥皂一般地从手心溜走。

他终于掉下眼泪来。

他知道自己的身体越来越糟糕，长途的奔波对于他几乎不再是可能的。他希望她不要再走。然而他又知道这对于她是不可能的。他想，当他带着女孩翻越那孤儿院的围墙的时候，就在心里暗暗地发誓，他要给她自由，至少，就算别的什么也不能给她，他至少会给她自由。所以他不会困住她，他愿意看她像花蝴蝶一样飞来飞去的样子，虽然这带给了他诸多痛苦。

那么，他想，就让他死在她的手里吧。这也许是最完美的结局。他本就是杀害她妈妈的凶手。他一直对她做的事情也许就是一场归还，那么，就让这归还彻底吧，他把命还给她。于是他对她说：

你知不知道，其实是我杀了你妈妈。你身上的伤口也是我开枪打的。男人终于鼓足勇气说。他到自己的房间取了枪给她：你可以杀死我，就现在。

女孩点点头：我知道，我记得。

男人愕然。男人问：你不恨我吗？为什么不报复我？

女孩淡淡地说：我要你做什么，你就做什么，报复你不是一件太容易的事情了吗？一点也不刺激。没有任何惊奇。我对于这样的事情不感兴趣。

这是多么可悲。她清楚一切，却连一点憎恶的感情亦不能给他。她一点感情也不肯给予，是这样的决绝。

男人哭着说：你杀死我吧。这样的折磨可以结束了。

女孩冷淡地摇摇头：可是我不想这么做。我对此不抱兴趣。她转身走了，落下男人拿着他的枪，跪在冰凉的地板上。

8

第二天她又不见了。

男人本是生了死念的。可是她的离去再次把他完全揪了起来。他必须再度找到她，因为她可能面对危险，她可能十分需要他。他不能就此撒手不管。而现在他只有等待。

这一次时间很长。男人等待的日子亦更加难捱。终于她寄来了一张照片：这一次红色的鞋子在一小堆雪上面。生生的红白颜色让人眼睛发痛。她又写到：我想办一个摄影展，大约需要60万。希望你筹钱来找我。

男人坐在阳台抽烟，照片放在他的膝盖上面。他看着红鞋，红鞋像是一根纤细的线，从很久以前的光阴，一直扯到现在，一直这样延续。他似乎仍能分辨它上面斑驳的血迹。皮子已经布满裂痕，这鞋子和他一样，已经衰老了。

可是衰老的男人现在要筹集60万，他需要算算，他必须杀几个人。他又开始抢杀手公司的生意，不断从中间阻断，以低廉的价格接下生意。他就是这样精疲力尽地做着，每一次，他都担心自己会失手。他觉得会有隆隆的一声，然后脑袋就像迸裂的花瓶碎片一样飞射出去。可是他必须记得，他的女孩还在等他去。她现在需要着他，这种需要是他一直渴求的，这种需要会在任何时刻令他像一只疯狂的陀螺一般转起来。

他一连杀了5个人。每一次都是那样的危险，他的手颤抖着，呼吸急促。每一次他都觉得自己要丧命了。可是他命令自己要好好干，她在等着自己。

在第五次的时候被杀手公司的人追上——他一直被追杀，杀手公司的人到处找寻他，派了那些年轻力壮的杀手。他挨了一枪，还是跑掉了。受伤的是右腿。现在他是衰老的，跛脚的杀手。他就这样一颠一颠地到处躲藏，可是同时还要找寻照片上有雪的地方。那应该是很高的山，终年有不融化的积雪。

他坐火车，坐长途车，不断颠簸，又一个秋天已经来了，他却仍穿着单薄的棉恤，有时候在车上沉沉地睡过去，一些废旧报纸盖在身上，翻身的时候发出咔嚓咔嚓的声音。生命的贫贱宛如破废的报纸下面遮掩的秽物。身上只有牛皮纸口袋装满了钱，却仍旧不够女孩要的数量。他应该再多去杀几个人才对。然而他已经不能再等了，他必须去找她。杀手对于自己的生命都有感知的，就像在赶一段白茫茫的路，而他此时仿佛已经看到了尽头。他知道看到了尽头也许应该慢下来，可是他没有，他还在那么紧迫地赶路，向着尽头。

身上除了钱之外还有她给他的那些照片。每一次她寄给他的照片都被他收起来，放在一起，随身带着。他拿出来翻看。都是红鞋，红鞋在无数个可以猜测或者根本无法寻找的地方。他佩服自己的毅力，每一次，他都找到了她。这也许来自那种无法言喻的牵引，他终究会被再次领到她的面前。有时候他确实已经无法分辨这红鞋的意义。他觉得他对这红鞋有一种十分深重的信赖。每一次红鞋照片的抵达，都像是给他开出一条路。这是活路，事实上。因着没有什么更能让他感到延续生命的重大意义。

时光就是这样抓着他的领子，带他来到了这里。女孩转眼已经18岁。他坐在火车上，坐在长途车上，在寻找她的路途中，他回顾了和她共度的8年。他们一起生活了8年，他对于她，仍旧什么也不是。他多么渴望自己可以在她的生命里留下一个印记，可是他耗尽了全身力气仍是不行。连他要死亡她亦不能给他。

可是对于他的小仙女，他的女神，他又能有什么怨言、他很快抵达了有积雪的高山下。应该是这里。女孩应该在这里。他似乎已经闻到了那属于她的气味，一种让人无端跌入昏沉转而又会亢奋的迷香。他寻找每间盖在山脚和山腰的房子。直至他终于来到了山顶。在这漫长的行走中，他因为有腿疾，走路十分艰难。他看到女孩的时候，他自己是这样的狼狈。她正像最明艳的花朵一样地开放，可是他却已经宛若老人一般地衰弱。他看着她，觉得她明晃晃的，灼伤他的眼睛。

女孩用矮篱笆圈起一个小园子，雪被一簇一簇地堆起来。像是白色的坟冢。女孩在白色的雪堆上浇了各种颜色，那些雪堆宛如彩色的陀螺一样，红白相间，绿白相间。那么地好看。她又在雪堆上插满了白色骨头——无法知道那是什么动物的骨头，有大有小，有坚硬的脊骨也有柔软的肋骨。一定都细心擦拭过，那么地白，像是一块一块贞洁牌坊。女孩的确继承了她母亲的艺术家气质，她亦对浓郁的色彩有着深厚的迷恋。她还用鸡血在洁白的雪上写字，画画。地上放着脖子被拧掉的鸡只，绝望的爪子深陷在积雪里。此刻女孩正在堆一个雪人，她把那些死鸡和另外一些死麻雀的身体都塞进雪人的肚子里。雪人看起来异常饱满，像是一尊受人尊敬仰慕的佛。而女孩穿着厚实的粉红色毛衣外套，连着帽子，脖子里塞着一条淡蓝色的围巾。牛仔裤，红色高靴子。手上还带着一副毛茸茸的柠黄色手套。她的相机就背在身上，那是一个不知道装过多少惨怖场面的黑匣子。她看起来清纯亮丽，像是涉世未深的女中学生，带着稚气执著地玩着自己迷恋的游戏。

他盯住她看，如每次这般地，或者又从不相同地，看着她在新的创意中玩得畅快自足。他应该是满足的，他只要能看到她，那么就是足够的，这对他是再丰盛不过的粮食，水分和所有所有的生活必需品。他每次都因为再见到她而感动。他在栅栏外面，他们相隔不远。他听见缭绕在这山间的劲猛的风。他其实还听到了一些别的声音，比方说，从山下传来的急促的脚步声，可是他不去管它们，那于他有什么重要呢。他忽然想提起往事。

他想问她是否记得他从幼儿园带走她，背着她翻越围墙，她以为自己是在飞了，笑得那么欢畅。

他想问她是否记得他背着她坐长途的火车，他给她买樱桃买棉花糖买风车，她一直生活在他的背上，那是她曾最舒服的家。

他想问她是否记得他们住过三年的小镇上的家，他给她布置的红色小屋和买下的那么多的红色鞋子。她是否还记得他像个父亲像个主妇一般地在家给她做饭，他花那么多心力做好了她最爱的白色鱼汤。

他想问她是否记得他骑摩托车带她上学，他们经过海边大道，风是那么清爽，她把手放在他的腰上，那算不算一种依靠，那算不算？

他想问她是否记得他自她十五岁以来对她的每次寻找，他疲惫不堪杀了人，拿到钱，找到她，带她回家，她会不会记得每次看到他他的身上都有斑斑点点的血迹，而他的心力已经憔悴至极。

……

可是时间似乎已经不够了。他感到了一些迫近的东西。他已经没有时间回忆那些往事。所以他只是把身体贴在栅栏上，对女孩说：

钱有些不够，我再去想办法，只是先来看看你。

女孩转脸来看他。她看到他是跛着脚的，脸上和身上有树枝划破的伤痕，有的伤口还在流着脓水。她仔细地看了看他，因为她觉得他越来越有她的模特的潜质了，像那些受伤的动物一样，带着有悖美感和温暖的残缺。于是她冲着他笑了一下：

这里美丽吗，你喜欢这里吗？

男人很感激女孩的微笑，他点点头：这里有那么厚的雪，很好看。

男人掏索着把钱拿出来，递上去。女孩就向他走过来。他感到愉快极了，女孩越走越近，像是归巢的小动物，一步步乖顺地走向他。他虽然在大雪地里只穿着单衣亦感到温暖。他对着他可爱美丽的小动物露出最虔诚的微笑。

然后他们都听到枪声。砰砰砰。

枪声从男人的背后传来。砰。砰。砰。男人知道是追杀他的人，通常杀手们都是多虑的人，所以他们不会只给他一枪。是三枪，遽然飞进他的身体里，肉身和金属的结合，这是他从前常常施于别人的。他终于可以尽数体会。他手里还握着钱，却仰着脸倒了下去。

世界在他的眼睛里翻了个个儿，血汩汩流出来，混在雪里，像是某种能够刺激人食欲的甜品一般有着光鲜的颜色。他感到了自己的血的温度。那么温热。它们完全不是冷的。为什么要说杀手冷血，它们一点也不冷。他把自己的一只手按在伤口上，享受着血的热度。他最后终于得到了温暖，自己给自己的温暖。他的眼睛还没有合上，可以看到倒挂的世界。他看到自己额头上头发上的血，那血宛如萦萦的飞虫一般都在舞着，大片大片的接连在一起，他好像看到了无数只红鞋。他看到女孩满屋子的红鞋，都在走动，宛如一支骇人的部队。是的，女孩像是在无穷地分裂，一个变成两个，两个变成四个，她正在用惊人的力量填满整个世界。

一共来了三个年轻的杀手。中间的一个头领走过来，从男人半握的手中拿过那只装满钱的牛皮纸袋。

喂，那钱是我的。女孩叫了一声。三个人都回身去看女孩。他们看到一个稚气未脱的美貌少女的身边堆满了肢解的动物，拧断脖子的鸡，掏干净五脏的麻雀。还有鸡血写下的字，插满骨头的雪堆。她手上还拿着巨大的铲子，铲子上有慢慢凝结的动物的血液。因为有些冷，她的脸蛋冻红了，宛如一簇愈加旺盛的小火焰。

她看起来有不竭的热情和力气。此刻她向他们走过来，问他们要钱，仿佛根本没有看到刚才发生的枪杀。她是如此镇定自若。

杀手头领微微一笑：美丽的小姐，你也许可以同我们一起闯出一番事业，我敢打赌，你会比我们这些男人做得还要棒。不知道你是否愿意和我们一起走呢？

女孩歪着头，认真地思索了片刻，说道：那会很有趣对吗？

杀手头领笑了：当然，刺激极了。

好吧。女孩说。

于是他们要一起走。忽然女孩说，你们等等。

她走到倒在地上的男人面前。她把男人单薄的棉衫脱掉，裤子也退去。跛脚的男人满脸参差的胡子，赤露的身体上有三个枪口，血液正从四面八方汇集。她看着，露出笑容，觉得他是绝好的模特。

她从身上取下相机。喀嚓。这是男人这一生的第一张照片。他终于作为一个标本式的角色，印进了她的底片里。这是他最后能给予她的，他的身体。

我们走吧。女孩心满意足地说。她抬起脚，非常自然地从男人的身上迈过去。男人尚且睁着的眼睛只能看到她的红鞋。那只红鞋从他的身上跨了过去。正像他一直记得的，他第一次看到她的时候，她从她妈妈的身上跨过去那样。

他横在她的脚下，像是一条隐约不见，细微得不值一提的小溪流。她跨越，离去，然后渐行渐远。

葵花走失在1890

1

　　那个荷兰男人的眼睛里有火。橙色的瞳孔。一些汹涌的火光。我亲眼看到他的眼瞳吞没了我。我觉得身躯虚无，消失在他的眼睛里。那是一口火山温度的井。杏色的井水漾满了疼痛，围绕着我。

　　他们说那叫做眼泪。是那个男人的眼泪。我看着它们。好奇地伸出手臂去触摸。突然火光四射。杏色的水注入我的身体。和血液打架。一群天使在我的身上经过。飞快地践踏过去。他们要我疼着说感谢。我倒在那里，恳求他们告诉我那个男人的名字。

　　就这样，我的青春被点燃了。

2

你知道吗，我爱上那个眼瞳里有火的男人了。

他们说那团火是我。那是我的样子。他在凝视我的时候把我画在了眼睛里。我喜欢自己的样子。像我在很多黄昏看到的西边天空上的太阳的样子。那是我们的皈依。我相信他们的话，因为那个男人的确是个画家。

可是真糟糕，我爱上了那个男人。

我从前也爱过前面山坡上的那棵榛树，我还爱过早春的时候在我头顶上酿造小雨的那块云彩。可是这一次不同，我爱的是一个男人。

我们没有过什么。他只是在很多个夕阳无比华丽的黄昏来，来到我的跟前。带着画板和不合季节的忧伤，带着他眼睛里的我。他坐下来。我们面对面。他开始画我。其间太阳落了，几只鸟在我喜欢过的榛树上打架。一些粉白的花瓣离别在潭水里，啪啦啪啦。可是我们都没有动。我们仍旧面对着面。我觉得我被他眼睛里的旋涡吞噬了。

我斜了一下眼睛看到自己头重脚轻的影子。我很难过。它使我知道我仍是没有进去他的眼睛的。我仍旧在原地，没有离开分毫。他不能带走我。他画完了。他站起来，烧焦的棕树叶味道的晚风缭绕在周际。是啊是啊，我们之间有轻浮的风，看热闹的鸟。他们说我的脸红了。

然后他走掉了。身子背过去。啪。我觉得所有的灯都黑了。因为我看不到他的眼瞳了。我看不到那杏色水的波纹和灼灼的光辉。光和热夭折在我和他之间的距离，掐死了我眺望的视线。我看见月亮嘲笑的微光企图照亮我比例不调的影子。我知道它想提醒我，我是走不掉的。我知道。我固定在这里。

男人走了。可是我站在原地，并且爱上了他。我旁边的朋友提醒我要昂起头。他坚持让我凝视微微发白的东方。昂着头，带着层云状微笑。那是我原本的形象。我环视，这是我的家园。我被固定的家园。像一枚琥珀。炫目的美丽，可是一切固定了，粘合了。我在剔透里窒息。我侧目看到我的姐姐和朋友。他们没有意识到自己的影子很可笑，他们没有意识到自己是不能够跳动的，走路和蹲下也做不到。

他们仅仅是几株葵花而已。植物的头颅和身躯，每天膜拜太阳。

我也是。葵花而已。

可是我爱上一个男人了你知道吗。

一株葵花的爱情是不是会像她的影子一样的畸形？

3

　　我很想把自己拔起来，很多的时候。虽然我知道泥土下面自己的脚长得有多么丑陋。可是我想跳一跳，跟上那个男人离开的步伐。我希望他看见了我，停下来。我们面对着面。在一些明亮的光环之中。什么也不能阻隔我们的视线，我们的视线是笔直的彩虹。幸福在最上方的红色条块里蔓延成辽阔的一片。最后我对他说，我有脚了，所以带我走吧。

　　有过这样的传说：海里面曾经有一尾美丽的鱼。和我一样的黄色头颅。扇形尾翼。也没有脚。她也和我一样的糟糕，爱上了一个男人。她找到一个巫婆。她问她要双脚。她给了她。可是要走了她的嗓音。她非常难过，她说她本来很想给那个男人唱首歌的。不过没有关系啊她有了双脚。她跟那个男人跳了许多支舞。可是那个男人的眼神已经在别处了。她无法在他们之间架构彩虹。她发现有了双脚可是没有一条绚烂的大路让她走。鱼很焦虑。

后来怎么样了呢。

我不知道。我多么想知道，鱼她怎么样了啊。男人的眼神她挽回了吗双脚可以到达一条彩虹然后幸福地奔跑吗。

这是我的姐姐讲给我的故事。情节粗糙并且戛然而止。然后她继续回身和经过这里的蝴蝶调情了。她常常从一些跑动的朋友那里知道这样的故事。残缺但是新鲜有趣。她就把这些像蝴蝶传花粉一样传播，很快乐。对，她说那只鱼的故事的时候很快乐。她说鱼一定还在岸上发愁呢。

可是我问我的姐姐，你知道怎样能够找到那个巫婆吗?

4

　　我的家园在山坡旁边。山坡上有零散的坟冢。还有小小的奇怪的房子，房子上爬满葡萄酒红色的爬山虎。有风的时候整个房子就像一颗裸露在体外的健壮的心脏。我常常看到那个穿黑色衣服的女人走进去。她的眼眶黝黑，红色灯丝一样的血丝布满她的眼瞳。那是她唯一的饰物。

　　那一天，是一个青色的早晨。露水打在我的头发上，掉在一个摇荡的椭圆形旋涡里。他们在一起。我看见他们的简单生活，常常发生的团聚，安静地彼此结合。我常常看见别的事物的游走和团聚。我是不是要感到满足。

　　我仰起头，这次觉得太阳很远。昼日总是比山坡下面牧师的颂词还要冗长。

死了人。棺木上山。我看到花团锦簇，生冷阴郁。死的人总是要用一些花朵祭奠。我想知道他们只有在那些花的疼痛中才能眠去吗。

花朵被剪下来。喷薄的青绿色的血液在虚脱的花茎里流出。人把花朵握在手中，花朵非常疼。她想躺一会儿都不能。她的血液糊住了那个人的手指，比他空旷的眼窝里流淌出来的眼泪还要清澈。我有很多时候想，我自己是不是也要这样的一场死亡呢。站着，看着，虚无地流光鲜血。

花朵第一次离开地面的旅行，是来看一场死亡，然后自己也死亡在别人的死亡里，一切圆滑平淡，花朵来做一场人生的休止符。

站着死去的花朵不得不听那个永远穿黑袍子的人说啊说啊。我把头别过去，不忍再看这朵将死的花。

然后我忽然就看到了山坡上，那个用血红灯丝装点眼睛的女人。她在那里眯起眼睛看这场葬礼。她也穿黑色衣服，可是她与葬礼无关。我和她忽然很靠近，我几乎听到了她的鼻息。

还有一点被死亡、哭喊声死死缠绕而不得脱身的风，低低地呜咽着。

她看到了我。看到我在看着她。她离我非常远，可是我相信她还是可以看出我是一朵多么与众不同的葵花。看到了我的焦躁，忧愁。看到了火上面的，欲望里面的的葵花。看到了我在别的花朵死亡时疼痛，可是我依然无法抑制地想要把自己从地上拔起来，离开，跑，追随。

她向我走了过来。站在我的面前，看我的眼神充满怜悯。她说她知道我的想法。她说她是一个可以预知未来的巫婆，并且乐意帮助我。

她的声音很快也和风缠在了一起，布满了整个天空。我感到天旋地转，她说要实现我的愿望——我就立刻想到了奔跑，像一个人那样地跑，像一个人那样剧烈地喘气。像一个女人一样和他在一起。

我看到这个女人的纤瘦的手臂伸向我，轻轻触碰我，她说你可真是一株好看的葵花。

我的眼睛定定地看着她的手指。那些细碎的皱纹分割了它的完整。使它以网一样的形式出现。破碎而柔软。那些风干的手指使我必须推翻我先前对她的年龄的推测。我想她是活了很久的。她说我可以把你变成一个人。你可以走路。可以跳。可以追随你的爱人。

她的话飘在幽幽的风里，立刻形成了一朵我多么想要拥抱的云彩。我缓缓说，你告诉我吧，你要我的什么来交换。我知道一切都是有代价的。然而我不知道自己能够为你做些什么，我只是一株简单的葵花。

这时候我在想着那尾离开海洋的鱼。她有好听的声音。她的声音被交换掉了。然后她有了双脚。双脚会疼，可是她在明晃晃的琉璃地板上旋转十六圈，跳舞如一只羽毛艳丽的脸孔苍白的天鹅。我不知道她后来怎么样了。可是我仍旧羡慕她，她有东西可以交换，她不欠谁的。我的声音只有蝴蝶和昆虫还有眼前这个神能的女子可以听到。这声音细小，可以忽略，无法用来交换。

她瘦瘦的手臂再次伸向我。轻轻触碰我。她说我要你的躯体。我要你作为一朵美丽葵花的全部。

我很害怕她。可是我爱上了一个男人。我别无选择。于是我问她，怎么要我的身体和为什么要。

她说，等到一个时刻，你就又是一株葵花了。你回归这里。我要拿着你去祭奠一个人。她指给我看葬礼的方向。她说，就是这样了，你像她一样被我握在手里。然后死掉。

我也要做一场人生的终止符号了吗？躺在别人华丽的棺木里，在黑衣人咒语般的祈祷中睡去了吗？我看看山下那株濒死的花。她已经死去了。她睡在棺木的一角，头是低垂的。血液已经是褐色的了，无法再清澈。曾经属于她的眩目的春天已经被简单仓促地纪念和歌颂过了。她可以安心离开了。

我到死都不想离开我的爱人。我不想把我的死亡捆绑在一个陌生人的死亡上。我也不想等到棺木缓缓合上的时候，我在那笨拙的木头盒子的一角流干自己最后的血液。可是我无法描述我对那个男人的追随和迷恋。他就像一座开满山花的悬崖。我要纵身跳下去，这不值得害怕。因为这是充满回声的地方，我能听到无数声音响起来延续我的生命。我有我的双脚，我跟着他，不必害怕。

我想我会答应她。

然后我问死的会是什么人。

她说，我爱的一个男人。啊，她说是她爱的男人。我看着这个黑色里包裹的女子。她的茂密的忧伤胜于任何一棵健硕的植物。我再也不害怕。她是一个焦灼的女人。我是一株焦灼的葵花。我们在清晨这样站在了一起。她讲话的时候眼睛里带着一种碎玻璃的绝望。清晨的熹光照在那些碎玻璃上，光芒四射的绝望……我想靠近她，因为我觉得她的的绝望的光芒能够供我取暖。我想如果我可以，我也想伸出我的手臂，碰碰她。

我们应当惺惺相惜。

我说好啊。我愿意死了作为祭品。可是啊，为什么你会挑选我。你是一个人，你有可以活动的双手和双脚，你完全可以随便采一株花，你喜欢的，你爱人喜欢的花，放在他的墓上。你根本不必征询花朵的同意。

她说，我要找一株心甘情愿的花。让她在我爱人的葬礼上合着人们为他歌唱，她会认真地听牧师为他念悼词。她会在我爱人的棺木合拢的那一刻，和其他的人一起掉下眼泪来。

风和云朵都变得抒情起来。我开始很喜欢这个女人。她的男人也一定不喜欢她。可是她努力地想要为他做一点事情。即使到了他死的那一天也不放弃。

我说，好的，我会在你爱人的葬礼上做一株心甘情愿的葵花。为他歌唱和祈福。可是你告诉我，我可以拥有双脚活多久。

幽怨的女人说，不知道。你活着，直到我的爱人死去。他也许随时会死去。然后你就不再是一个女子。变回一株葵花。我会折断你的茎干。带你去他的葬礼。就这样。

她好像在讲述我已然发生的命运。她安排我的死亡。她对我的要求未免过分。可是我看着这个无比焦虑的女人，她给她的爱情毁了。我永远都能谅解她。我想不出还有什么比我同意她的计划更美妙的了。我可以长上一双脚，可以跟着那个荷兰男人，在他眼中的熊熊火焰里铺张成一缕轻烟，袅绕地和他相牵绊。而我死后会是一朵无比有怜悯心的葵花，在盛大的葬礼上给予陌生人以安慰。我和这个和我同病相怜的女子将都得到慰藉和快乐。

不是很好吗。

就是这样，我用我的命来交换，然后做一个为时不多的女人。我说好吧。我甚至没有询问我将做的是怎样一个女人。肥胖还是衰老。

那一刻我从她梅雨季节一般潮湿的脸上隐隐约约看到了春天里的晴天。

她说，那么你要去见你爱的男人对吧。

我说，不是去见，是去追随他。

女巫看看我说，我把你送到他的身边去。可是你对于他是一个陌生人，这你懂得吧。

我说不是的。他天天画我，他的眼睛里都是我。我已在他的视网膜上生根。纵然我变成一个人，他也认得我的。

女巫定定地看着我。我知道她在可怜我了。我的固执和傻。

于是我们两个就都笑了。

那时候天已经完全黑了下去。我们的谈话抵达尾声。她再次靠近我，身上的味道和衣服一样是黑色的。我对黑色的味道充满了惊奇。我习惯的是明亮的黄色在每个早晨横空出世时炸开一样的味道。我觉得黄色的味道很霸道。带有浅薄的敌意和轻蔑。红色的味道就是我在黄昏里常常沉溺的味道。每棵葵花都迷恋太阳，然而我喜欢的，正是夕阳。我看着那颗红色的头颅缠绕着红黄的云絮，她是那么的与众不同。把自己挂在西边的天空上，是一道多么血腥的风景。

当然，红色可以烧烫我莫可名状的欲念，主要还是因为那个荷兰男人。

我爱上那个荷兰男人了，你知道的啊。

红头发的男子，红色明艳的芬芳。他的脸上有几颗隐约的雀斑，像我见过的矢车菊的种子。却带着瓢虫一般的淘气的跳跃。

他的眼睛里是火。折射着包容与侵蚀的赤光。我知道那会比泥土更加柔软，温暖。

这些红色使我真正像一棵春天的植物一般蓬勃起来。

现在的这个女人是黑色。我没有词汇来赞美她因为我不认识黑色。黑色带着青涩的气味向我袭来。我没有词汇赞美她和她的黑色，可是我喜欢她们。

她的黑色就像是上好的棺木，没有人会想到去靠近，可是谁又可以拒绝呢。人们诅咒它或者逃离它，可是忍不住又想留住它。它在一个暗处等待着。

这时候女人又说你可真是一株美丽的葵花。

她说，你知道葵花还有一个名字叫什么吗。望日莲。多么好听的名字啊。

5

　　那个男人的名字是文森特·梵高。我不认识字，可是后来我看到了他在他的画旁边签下的名字。我看到他画的是我。是我从前美丽的葵花形象。我看到他签的名字依偎在我旁边。文森特和我是在一起的。我看到我的枝叶几乎可以触碰到那些好看的字母了。我想碰碰它们。我的文森特。我的梵高。

　　我成为一个女人的时候，是一个清晨。大家睡着，没人做噩梦。很安详。我被连根拔起。女巫抓着我的脖颈。她的手指像我在冬天时畏惧过的冰凌。

　　我说我不疼。我爱上了一个男人。那个男人的眼睛里有火。他要来温暖我了。

我闭上眼睛不敢向下看。我的脚是多么丑陋。它们有爬虫一样的骨骼。

我担心我要带着它们奔跑。我担心我倒下来，和我的文森特失散。一群天使从我身上踏过，可是没有人告诉我他的下落。

我很冷。清晨太早我看不到太阳。我的家人睡着我不能叫出声来。

我脚上的泥土纷纷落下。它们是我从前居住的城堡。可是它们都没有那个男人的那颗心温暖。现在我离开了泥土，要去他心里居住。

所以我亲爱的，干什么要哭呢。我不过是搬了搬家。

6

　　我来到了雷圣米。太阳和河流让我看到了自己的崭新的影子。女人匀称的影子。我沿着山坡的小路向上走。树很多，人很少。我看到山坡上的大门，外面站着三三两两的病人。他们带着新伤旧病向远处张望。

　　我走得很慢。因为还不习惯我的双脚。它们是这样的陌生。像两只受了惊吓的兔子，恍恍惚惚地贴着地面行走。可是它们是这样的雪白。我有了雪白的再也没有泥垢的双脚。

　　我紧张起来。进那扇大门的时候，我看到周围有很多人。我想问问他们，我是不是一个样子好看的女人。我没有见过几个女人。我不知道头发该怎样梳理才是时兴的。我来之前，那个黑衣服的女巫给我梳好头发，穿好衣服。她说她没有镜子，抱歉。

镜子是像眼睛和湖水一样的东西吧。

我想问问他们，我是不是一个好看的女人。因为我曾经是一株很好看的葵花。我曾经在文森特的画布上美丽成一脉橘色的雾霭。那是文森特喜欢的。

我穿了裙子。是白色的。就像山坡上那些蒲公英的颜色。带一点轻微的蓝。看久了会有一点寒冷。也许是我看太阳看了太多个日子。我的白色裙子没有花边。可是有着恰到好处的领子和裙裾。这是护士的装束。我现在戴着一顶奇怪的小帽子，白色的尖尖的，像一朵没有开放的睡莲。可是但愿我有她的美丽。我的裙子上边布满了细碎的皱褶，因为我坐了太久的车，雷圣米可真是个偏僻的地方。云朵覆盖下的寂寥，病人焦灼的眼神烧荒了山野上的草。

我以一个女人的身份，以一个穿白色护士裙子的女人的身份，进了那扇大门。

这个男人，这个男人的眼睛里有火。仍旧是赤色的，呼啸的。这个红色头发，带着雀斑的男人，穿着一身病号服，在我的正前方。这个男人的手里没有拿画笔，在空中，像荒废了的树枝，干涸在这个云朵密封的山坡下面。他还能再画吗？

这个男人还是最后一次收起画笔在我眼前走掉的样子，带着迟疑的无畏，带着晒不干的忧愁。可是他不再是完整的。他残缺了。我看到他的侧面。我看到他的前额，雀斑的脸颊，可是，他的耳朵残缺了。我看到一个已经仓促长好的伤口。想拼命地躲进他的赭石色头发里，可是却把自己弄得扭曲不堪。褐色的伤疤在太阳下绝望地示众。

我曾经靠那只耳朵是多么地近啊。他侧着身子，在我的旁边，画笔上是和我一样的颜色，沾染过我的花瓣和花粉。我当时多么想对着他的那只耳朵说话。我多想它能听到。他能听到。我多想他听见我说，带我走吧，我站在这里太久了，我想跟着你走。和你对望，而不是太阳。我至今清晰地记得那只耳朵的轮廓。可是它不能够听到我的声音了。

我在离他很近的地方，带着换来的女人的身体，叫他的名字。我轻轻地叫，试图同时安慰那只受伤的耳朵。

他侧过脸来。他是这样的不安。他看到一个完全陌生的女人。这个女人叫他的声音近乎一种哀求。这个女人穿白色衣服，戴着帽子，一切很寻常。

我无比轻柔地说，文森特，该吃药了。

7

这是雷圣米。云朵密封下喘息的山坡，医院，门，病人，禁锢，新来的护士，和文森特。

我有很多个夜晚可以留在文森特隔壁的房间里守夜班。夜晚的时候，雷圣米的天空会格外高。医院开始不安起来。我知道病人的血液有多么汹涌。他们的伤痛常常指使他们不要停下来。大门口有很健壮的守卫。他们坏脾气，暴力，喜欢以击退抵抗来标榜自己的英勇。我听到夜晚的时候他们和病人的厮打。我听见滑落的声音。血液，泪水和理智。这是一个搏击场。

我是一个小个子的女人。他们不会唤我出去。我站在墙角微微地抖。我害怕我的男人在里面。

我总是跑去他的房间。他坐在那里。手悬在空中。桌子上是没有写完的半封信。他很安静，然而表情紧张。

我说雷圣米的夜晚可真是寒冷。我坐在他的旁边。他穿一条亚麻色的阔衫，我看到风呼呼地刮进去，隐匿在他的胸膛里。他的手指仍旧在空中。他应该拉一下衣领的。

做点什么吧做点什么吧文森特。

我是多么想念他画画的样子，颜料的香甜味道，弥散在我家的山坡上，沾在我微微上仰的额头上。那时候我就发烧起来。一直烧，到现在。我现在是一个站在他面前的为他发烧的女人。

他的灵活的手指是怎么枯死在温润的空气里的？

画点什么吧画点什么吧文森特。

这个男人没有看我。他确实不认识我，他以为他没有见过我，以为他没有记住过我。他受了伤吧，因为受伤而慵懒起来。于是懒得回忆起一株葵花。他坐在冻僵的躯体里，行使着它活着的简单的权力。

我想让他画。我去取画笔。返回之前终于掉下眼泪。我要感激那个巫婆，她给我完整的躯体，甚至可以让我哭泣。泪水果然美丽，像天空掉下来的雨一样美丽。我想念我的山坡，我在山坡上的家园，和我那段怎么都要追随这个男人的光阴。

我回到房间里。把画笔放在他的手心里。他握住它。可是没有再动。我的手指碰到他的手指。很久，我们的手指都放在同一个位置。我坐下来，像做一株葵花时候一样的安静。我看着我的手指，只有它保留着我曾经做植物时的美好姿态。

8

凯。

凯是谁。

凯是个总以微微严肃的微笑端坐在他的忧伤里的女子。

他的记忆里凯总是在一个比他高一点点的位置上，黑色衣服。
凯摇头，说不行。凯一直摇头，她说着，不行不行。

我看到凯的照片的时候想到了月色。葵花们是不怎么喜欢月
色的。葵花崇拜的是太阳和有密度的实心的光。可是这无法妨碍
月光依旧是美丽的意象。

凯仍旧是迷人的女子。带着月光一样空心的笑，是一个谁都

不忍心戳破的假象。

她对着文森特一再摇头。她掉身走了。她听不见身后这个男人的散落了一地的激情。

一个妓女。文森特和她说话。

文森特看着这个怀孕的忧愁简单明了的妓女。他觉得她真实。她不是月光的那场假象。她不抒情不写意可是她真真实实。他看到山坡上的葵花凋败了或者离开了。他看到凯美好的背影。看到整个世界落下大雾。他终于觉得没有什么比真实更加重要了。他把小火苗状的激情交到她的掌心里。

那是不能合拢的掌心啊。无力的滑落的激情掉下去，文森特愕然。

另外的画家。才华横溢。他来到文森特的小房间。他真明亮呀。他明亮得使文森特看到他自己的小房间灼灼生辉，可是他自己却睁不开眼睛了。他被他的明亮牵住了。不能动，不再自由了。

他想和这个伟大的人一起工作吃饭睡觉。他想沿着他的步伐规范自己。因为他喜欢这个画家的明亮生活。他想留下这个路经他生活的画家。他甚至重新粉刷了他们的房间。黄色，像从前我的样子。可是明亮的人总是在挑衅。明亮的人嘲笑了他的生活吗鄙视了他的艺术吗。

争执。暴跳。下大雨。两个男人被艺术牵着撕打起来。那个明亮的伟大的人怎么失去了和蔼的嘴角了呢。凶器凶器。指向了谁又伤害了谁呢。明亮的人逃走了。黄色小房间又暗淡下来。血流如注。文森特捧着他身体的那一小部分。它们分隔了。他愤怒，连属于他自己身体的一部分都在离开他。

　　他是一个十字路口。很多人在他的身上过去，他自己也分裂向四方，不再交合。

9

我来晚了。亲爱的文森特。我来之前发生了这样多的事情。我现在站在你的面前，可是你不能分辨我。你不能把任何东西交到我的手中了。

我千方百计，终于来到你的面前，追随你。亲爱的，我是不会干涸的风。

你好起来，我和你离开圣雷米。

是的，我想带你走。我们两个去山坡你说好吗。我们不要听到任何哭声。我也不会再哭，你说好吗。我们还能见到其他的葵花。我喜欢榛树的，我们把家建在旁边吧。叶子落了吧，厚厚的聚集。聚集是多么好呀。文森特，跟我回家吧。

我决定悄悄带走这个男人。掀起覆盖的压抑呼吸的云彩。我们离开圣雷米。我想就这个夜晚吧。我带着他走。他很喜欢我，我总是用无比温柔的声音唤他吃药。他会和我一起走的。

这个下午我心情很舒畅。我早先跟着别的女人学会了织毛衣。我给文森特织了一件红色的毛衣。枫叶红色，很柔软。

我在这个下午坐在医院的回廊里织着最后的几针。我哼着新学来的曲子，声音婉转，我越来越像一个女人了。我的心情很好。隔一小段时间我就进去看一下文森特。他在画了。精神非常好。也笑着看他弟弟的来信。

一个小男孩抱着他的故事书经过。他是一个病号。苍白好看的病号。我很喜欢他，常常想我将来也可以养一个小孩吗。我要和他一样的小男孩。漂亮的，可是我不许他生病。

小男孩经过我。我常常看见他却从来没有叫住过他。今天晚上我就要离开了，也许是再也看不到他了。我于是叫住了他。

他有长的睫毛，也有雀斑，我仔细看他觉得他更加好看了。

我说你在做什么。

他说他出来看故事书。

什么书呢。我是好奇的。那本靛蓝色封套的书他显然很喜欢，抱得很紧。

他想了想。把书递给我看。

我笑了，有一点尴尬的。我说，姐姐不认识任何字。你念给我听好吗。

他说好的。他是个热情的小男孩。和我喜欢的男人的那种封闭不同。

我们就坐下来了。坐在我织毛衣的座位上，并排着。

他给我念了一个天鹅的故事。又念了大头皮靴士兵进城的故事。很有意思，我们两个人一直笑。

后来，后来呢，他说他念一个他最喜欢的故事。然后他就忧伤起来。

故事开始。居然是那只鱼的故事。那只决然登上陆地争取了双脚却失去了嗓音的鱼。故事和姐姐说得一样。可是我却一直不知道结局。那只脚疼的鱼在陆地上还好吗？

所以我听他说的时候越来越心惊肉跳。越来越发抖。我在心里默默祝福那只鱼。

可是男孩子用很伤感的声音说，后来，美人鱼伤心呀，她的爱人忘记她了。她不能和他在一起了。她回到水边。这个时候是清晨。她看到清晨的第一缕熹光。她纵身跳了下去。化做一个气泡。折射了很多的太阳光，在深海里慢慢地下沉。

在那么久之后，我终于知道了那只鱼的命运。

我不说话。男孩子抬起头问我，姐姐，故事而已呀，你为什么哭呢。

10

这样一个傍晚，圣雷米的疗养院有稀稀落落的病人走来走去。不时地仍有人争执和打架。有亲人和爱人来探望患者。有人哭了，有人唏嘘长叹。

我和男孩子坐在回廊的一个有夕阳余晖和茶花香味的长椅上，他完完整整地念了这个故事给我。我想到了我答应女巫的誓言。我想到那只鱼的堕海。我应该满足我终于知道这个故事的结尾。我知道了，就像我看见了一样。我看见她纵身跳进了海洋。她又可以歌唱了。

我知道了，所以我应该明白：所有的一切都没有完满。爱曾是勒在那只鱼喉咙上的铁钩，那只鱼失语了。她被爱放开的时候，已经挣扎得非常疲惫了。她不再需要诉说了。

爱也是把我连根拔起的飓风。我没有了根，不再需要归属。现在爱也要放掉我了。

男孩子安慰我不要哭。他去吃晚饭了。他说他的爸爸晚上会送他喜欢吃的桂鱼来。他说晚上也带给我吃。我的爸爸，他仍旧在山坡上，秋风来了他一定在瑟瑟发抖。

男孩子走了。正如我所骤然感觉到的一样。女巫来了。她站在我的面前。她没有任何变化。灯丝的眼睛炯炯。

她说她的爱人最近要死去了。她没有再继续说下去。我们是有默契的。她相信我记得诺言。

我要跟她回去了。像那只鱼重回了海洋。

我说，请允许我和我的爱人道别。

她跟着我进了文森特的房间。

文森特歪歪地靠在躺椅上睡着了。画布上有新画的女人。谁知道是谁呢。凯，妓女或者我。

谁知道呢反正我们都是故人了。

我把我织好的毛衣给他盖在身上。红色的，温暖些了吧，我的爱人。

女巫一直注视着这个男人。她很仔细地看着他。

是因为她觉得眼前这个男人奇怪吗。没错，他失掉半只耳朵，脸上表情紊乱，即使是在安详的梦里。

女巫带着眼泪离开。

再见了，文森特。

11

女巫和我并排走在圣雷米的山坡上。我看见疗养院渐渐远了。爱人和杂音都不再了。

我和女巫这两个女人，终于有机会一起并排走路说话。

我问，你的爱人死了吗。

她说，我预计到他要死去了。

我问，你不能挽救吗。

她说，我的挽救就是我会去参加他的葬礼。

是的，有的时候，我们需要的是死时的挽留但并不是真正留下。

我再次回到我的山坡。秋季。荒芜和这一年里凋零的花朵涨满了我的视野。

我的家园还在吗我的亲人还能迎风歌唱吗?

我没有勇气再走近他们了。

我绕着山坡在周围游走。我看见一只原来和姐姐做过朋友的蝴蝶。他围绕着别的花朵旋转和唱歌。

我的姐姐,她还好吗。

第二天,女巫把脸干干净净洗过,换了另外一条黑色裙子。她说就是今天了。她爱的男人死了。葬礼在今天。她说,你要去了。我说,好的。我们去。我会拼命大声唱葬歌。

女巫让我闭上眼睛。

她的魔法是最和气的台风。转眼我又是一株葵花了。她把我攥在手心里,她说,我仍旧是一朵好看的葵花。

我迅速感到身内水分的流失。可是并没有如我想象的那样疼痛。我笑了,说谢谢。

她的掌心是温暖的。我用身体拼命撑住沉重的头颅,和她一起去那场葬礼。

葬礼和我想象的不同。只有寥落的人。哭泣是小声的。

女巫径直走向棺木。她和任何人都不认识。然而她看起来像是一位主人。两边的人给她让开一条路。她是一个肃穆的女人。她紧紧握着一株饱满的葵花。我是一株肃穆的葵花。

棺木很简陋。我看见有蛀虫在钻洞，牙齿切割的声音让要离开的人不能安睡。

我终于到达了棺木旁边。我看清了死去的人的脸。

那是，那是我最熟悉的脸。

我无法再描述这个男人眼中的火了。他永远地合上了眼睛。雀斑，红色头发，烂耳朵。这是我的文森特。

女巫悄悄在我的耳边说，这个男人，就是我所深爱的。

我惊喜和错愕。

我又见到了我的文森特。他没有穿新衣服，没有穿我给他织的新毛衣。他一定很冷。

不过我很开心啊。我和你要一起离开了。我是你钟爱的花朵。我曾经变做一个女人跑到圣雷米去看望你。我给你织了一件枫叶红的毛衣。这些你都可以不知道。没有关系，我是一株你喜欢的葵花，从此我和你在一起了。我们一同在这个糟糕的木头盒子里，我们一同被沉到地下去。多么好。

我们永远在我们家乡的山坡上。

我们的棺木要被沉下去了。

我努力抬起头来再看看太阳。我还看到了很多人。

很多人来看你，亲爱的文森特。我看见凯带着她的孩子。我看到了那个伤害过你的妓女。她们都在为你掉眼泪。还有那个明亮的画家。他来同你和好。

当然还有这个女巫，她站在远远的地方和我对视。我和她都对着彼此微笑。她用只有我能听到的声音对我说：这是你想要的追随不是吗。

我微笑，我说，是的。谢谢。

她也对我说，是的。谢谢。

竖琴，白骨精

1

　　她小心翼翼地取下左肩上的那枚锁骨递给丈夫。骨头和骨头之间有清脆的分离的声音，她立刻感到有劲猛的风钻进身体里，洞像陡然攒起的漩涡一样搅乱了她的整个身体。她摇摇摆摆地斜靠在冰冷的墙上。

　　丈夫的眼睛灼灼地盯着那枚亮铮铮的骨头。他动作敏捷地从妻子手里抓住了那枚骨头。他当然没有忘记致谢。他把他迷人的吻印在小白骨精的额头上。额头在急剧降温，但是小白骨精的脸蛋还是芍药颜色的。丈夫拼命地亲吻她的脸，不断说，啊，亲爱的，我该如何感激你呢。我是多么爱你呀。

2

    小白骨精开始盖三条棉被睡觉了。骨头一根一根被抽掉了，她的身体上全都是洞。怎么才初秋风已经这样凛冽了呢，把她的整个身体吹得像个风筝一样几乎飞起来了。

    丈夫是个乐师，他现在在加工一架竖琴。此前他还做过笛子，箫。竖琴一共有了三十七根小白骨精的骨头，比此前那些乐器用得都要多。它外部的框架是锁骨和臂骨这样坚硬一点的，也用到了肋骨那样柔韧性极好的。竖琴是丈夫迄今为止最为满意的作品。他已经用了比他预计的长三倍的时间来雕琢它。很多个夜晚小白骨精都躺在床上看着丈夫的背影。丈夫举着明晃晃的刻刀，丈夫捏着亮晶晶的骨头，他不懈的努力已经使那些骨头被打磨得有了象牙的光泽。丈夫用一寸长的小手指甲轻轻滑过竖琴，乐符一颗一颗从空气中升起来，宛如没有重量的水晶一样在三盏炽亮的油灯下夺目照人。水晶们缓缓上升，窗子外面的鸟儿都聚满了。丈夫十分得意地打开窗户，所有的鸟儿都涌了进来。这时候刚好水晶乐符到达天花板，它们纷纷撞碎了。鸟儿们立刻冲上来，每只嘴里都衔起一颗碎水晶，然后迅速散去了。房间重新恢复了平静。丈夫满面红光，他还沉浸在那动人的珠玉之声里。很久之后，他才奔向床这边，抱起柔弱无骨的小白骨精，充满怜爱地抚摸着她所剩不多的骨头，用颤抖的声音说，宝贝，你是最棒的你永远是最棒的。

小白骨精的确喜欢这一时刻。她喜欢丈夫那像饱满果实一样红润的脸，喜欢丈夫开窗户的时候啤嗖的鸟儿和他衣衫相撞的声音，喜欢丈夫像孩童一样跌跌撞撞奔向她的床的步伐，喜欢他像瀑布一样平顺而充满激情的抚摸，当然，她也喜欢碎水晶和鸟儿的声音。很多个夜晚小白骨精都感到身体像一架旧钟表一样，以比时光慢去一半的速度缓缓延续下去，容许着整个回廊的风在身体里穿进穿出。她感到他给他买的杜鹃白色裙衫里面灌满了风，像一只帆一样飘扬起来。

3

　　小白骨精拆下右肩的锁骨给乐师的时候，她非常难过。因为她失去了全部的两只锁骨。小白骨精是多么喜欢她的锁骨啊。它们被她特意地露在白色裙子的外面，骨头的天然光泽从藕荷色的肌肤中浅浅地透出来，乐师定定地看着她，着了魔一样追随着她。那年夏天的故事。

　　小白骨精一边拆这根锁骨一边难过地哭起来。因为这根锁骨被拆走之后，她的脖子上就无法挂住那根银色的项链了。骨头离开身体的那一刻，小白骨精听到哗啦一声，项坠携着那根链子掉进她身体里去了，冲着她心脏的方向。它们荡来荡去，荡来荡去，小白骨精的整个身体里溢满了金属的回声。更糟糕的是，项坠是个锋利的菱形，它把她的心脏划得满是伤痕，鲜血淋淋。可是项链是丈夫送的。丈夫无比温柔地给她带上，项坠和她的锁骨轻轻撞击，发出叮叮的声音。丈夫沉醉了，那个秋天。

丈夫见小白骨精哭了，连忙说，亲爱的你不要难过啊，你失去了所有的骨头又怎么样呢，我永远爱你啊。宝贝你永远是最棒的。你抬起头来看看我们的成就啊。

丈夫身后是很多件无价之宝的乐器。小白骨精觉得它们像大个的家具一样占满了整个房间，它们是来自她身上的吗，它们看起来这样巨大呀。

4

　　竖琴还差三根骨头的时候，小白骨精已经患上了忧郁症。她算了又算，等到竖琴完全做好的时候她身上的骨头刚好用完。这个答案她是很满意的，她并不在意她的骨头。虽然现在她已经不能撑起她的脖子了。一天的大多时候她都躺在这张宽阔的大床上。她用丈夫给她买来的木头器械活动，看起来像个笨拙的挂线木偶。可是，可是这有什么关系呢，小白骨精有可以用整个昼日等待夜晚的到来。等待午夜之后丈夫红彤彤的脸庞，等待脚步和抚摸，等待乐符的天籁。她非常满足。

　　可是现在小白骨精无法不担心她的状况。她本来就是个瘦骨嶙峋的女子，现在她失去了几乎所有的骨头，身体越来越轻，越来越轻，她真的要像一个风筝一样飘起来了。况且冬天很快就要来了，北风异常凶猛。

她无时无刻不担心她自己飘起来，被风刮走了。她的丈夫拥抱她的时候，她担心那个拥抱不够紧，她从丈夫的双臂之间被风刮走了。她和丈夫做爱的时候，她担心她会从丈夫起伏的身体下面被风抽走。每个夜晚丈夫开窗放进鸟儿来的时候，她都要紧紧地裹好被子，不然风会把她从床上卷走。是的，小白骨精现在盖四条被子了，只有沉重的东西时刻压着她她才是安全的。有个夜晚她梦见她和丈夫不分昼日地做爱，丈夫汗津津地身体沉重而牢稳地压在她的身体上。她多么安全和快活。醒来的时候她的脸红了，她告诉自己说，这是不可能的，所以，她现在该怎么办呢。

"我还是死去吧。"小白骨精这样和自己商量着。这时候一阵大风来，身体摇摆不定，项坠锋利地切割着刚刚长好的伤口。小白骨精想，她要忽然被风刮走也许就再也见不到丈夫了。"我甚至连再见都不能给他说一声"。那是多么糟糕的情况啊。

5

　　从丈夫拿走倒数第三根骨头的时候，小白骨精开始策划自己的死亡。

　　这个时候她又难过得哭了。她现在这样软绵绵的，甚至不能有足够力气把自己撞死，或者爬上很高的地方跳下来摔死。

　　菱形的项坠对她来说显然已经是微不足道的利器，她的心脏结满了痂，它已经钻不进去了。"不过利器应该是好的"，她心里想。环顾四周，她想到了丈夫的刻刀，可是丈夫从来都带着他的刻刀出门，刻刀从来不离身。那么还有什么利器呢。

　　小白骨精的目光落在丈夫的乐器上。竖琴。竖琴最中间有一根特别尖削的。也许是为了好看，丈夫每加一根骨头都要把这最中间的一根打磨一下。这一根的上面顶了个软绵绵的套子，因为太尖了，丈夫曾经被它划破过手。但是丈夫显然丝毫没有记怨，因为这是最晶莹剔透的一根，丈夫喜欢用手掌缓缓抚过它，脸上有着比抚摸她更加满足的表情。

"我只是借用一下"。小白骨精坚持她已经送给丈夫的骨头就是丈夫的了，所以她说是借用一下。她想她死之后丈夫还可以从她的身体里抽出那根骨头，继续插进竖琴里，竖琴还是完好的。

丈夫取走了最后一根骨头。冬天也来了。

丈夫第二天早上出门的时候，小白骨精睁大了眼睛望着他。她心里想：我只是借用一下，他不会生气吧。

6

　　那根骨头真的美丽极了。小白骨精放在手把玩了很久，才把它插进身体里。血液涌了出来，白色鼓起的帆得以在红色海洋里去向远方了。软绵绵的身体被钉在了宽阔的大床上。所有从窗户中射进来的阳光都被吸在这根流光溢彩的骨头上。有大片的鸟覆盖了整个窗户，聚精会神地看着这根奇异的刺。

　　不过事情总是充满遗憾。小白骨精还是没想到，等丈夫把那根美丽绝伦的骨头从她体内拔出来的时候，骨头已经不再洁白了。它已经变成猩红色，而且斑斑驳驳的。骨头显然已经无法匹配洁白无瑕的竖琴。

　　连一只麻雀也不会再聚过来了，那根骨头变得像一个古旧的秤杆一样丑陋。

丈夫无比惋惜地擦拭着那根传世之宝。他买来各种质地柔软的价格昂贵的缎子擦洗它。可是它却越来越黑了。黑得像是插进了剧烈毒药的象牙。丈夫伤心极了。后来只好把它作为一块狭瘦的牌位，插在了小白骨精的坟上。

宿水城的鬼事

1

宿水城一直流传着无头鬼妃的传说，那也许是个并不高明的
故事，不过城门口说书的盲老人数十年都说着这一个故事，动辄
还扯上身后的城楼，以及城东边那块叫做东市的地方，所以总还
是有人停下步子，往盲老人身前的小铜盆里丢进一块半块的铜币，
乐呵呵地听到天大暗下来才意犹未尽地回家去：

那日皇帝终于发现了这天大的秘密，原来他最宠爱的爱妾竟
是个女鬼。那夜他腹痛，半夜醒来，迷蒙中发现睡在他旁边的爱
妾没有与他并排躺着，而是整个身子都缩在被子里。

皇帝心道爱妾定是做了噩梦，他揭开那锦丝被却见被中裹着
一个无头女子的身体，从脖子处断来，上面是一个平滑的肉身截

面，毫无伤口，也无鲜血流淌。皇帝当下大惊，面无血色，一骨碌跌下床来，嘴里大叫："来人啊，来人啊！"

三更天的福和殿里已经聚满了人。丫环，大臣，太监，御医，还有来看热闹的别宫妃子。人多了大家倒也胆子大起来，皇帝命人把这女子的身体放在殿中央，年迈的御医哆哆嗦嗦地走上前去给那个女子号了号脉，禀报说与一般女子并无异常。众人只见这女子除了无头之外，宛然是一熟睡中的寻常女子：时而翻身，侧身，时而蜷曲双腿，甚至左手给右手抓痒。满屋子人都看得屏息吸气，目瞪口呆。皇帝的六岁小儿子胆大过人，他冲到那女子旁边，伸出手，碰了碰那缺失头颅的脖颈，大声说："这里也是热的！"他奶妈吓得魂飞魄散，连忙把他抓回来，众人也都心惊胆战。这时皇帝忽地回过神来，大声宣旨道："快，快，快，快把莲花观的大法师请来！"

大法师果真是大法师，他拨开围观的人群，来到殿中央，看见这无头女子，微微一蹙眉，目不转睛地盯着这女子，掐指算了片刻，便领会了天意般地微微颔首。他转头对皇帝说："陛下，这只是区区一女鬼而已，陛下不必担心。"皇帝连连发抖，退后几步，颤声道："她，她可是来谋害寡人？这可如何是好？这可如何是好！"道士回身轻瞥了一眼那女鬼，转身向皇帝回报："这女鬼似乎并无谋害陛下之意，如若是，陛下又安能平安至今呢？但是当下之际还是除去女鬼为妙，趁她还未成大气候。"

皇帝忙问："如何除去这女鬼呢？"

道士微微一笑："很简单，只需口径大些的一只碟子而已。"

皇帝忙传御膳房送来顶顶结实的大碟子一只。道士接过碟子，用袖子擦拭了一下，然后把碟子反扣在那女子和头颅相连的脖颈处，然后道士命自己带来的两个道童一左一右用那碟子压住女鬼的脖颈。

道士又说："陛下，您只需多遣几个人与我这徒儿交替，二十四个时辰之内令碟子莫要离开这女鬼的脖颈，她的头飞回来时便不能重新长上，二十四个时辰内身首异处，这女鬼的头便再也不能复原上去，头和身体也就分别死去了。

皇帝大喜，连忙加派了人手，众人也都转为喜色，称这莲花观的道士果然是得道的大法师。

2

听过这鬼故事的人都说，这故事长久不衰的原因正在于，那讲故事的盲老人大约是为了制造可怖的气氛，他讲到这里总是戛然而止，煞有介事地说：剩下的事儿啊，便不是我能讲得出来的啦，你们且闭上眼睛，安静地沉着心，那冤屈的女鬼自会幽幽地走出来和你说她那故事。你原本是不相信他这可笑的说法，可是当你闭起眼睛来的时候，当真能看见树梢动起来，一黑发背影挂在树梢上，身体可隐可没：

我通常是在二更时分离开。在这个时刻，我会自动醒来，眼睛熠熠生辉，身体里的每个细胞都像一颗泡熟的米一样得到新生的芬芳。我左边的男人睡得正熟，我把压在他的身子下面的手臂拽出来，然后用两只手臂抱住头，用力向上一拔，头和身体就没有任何痛感地分开了。最令我得意的是，我的身体和头部之间宛如有一个极有效力的吸盘，所以即使它们彼此分开了，也都有着赏心悦目的光滑截面，决然不会有任何伤口，血也不会流出一滴。我通常都把身体留下继续睡觉，只带头出去。它很轻，带着缎带般顺滑的黑发，可以在空中飞，像个施了魔法专去蛊惑人的风筝。

我无比雀跃的心情总是不能使我的头颅飞得平稳。我的头颅上下颠簸，还曾将缠绵的发丝扯在了树梢上。可是我不会疼，我不会疼是因为我深知我前世的疼痛全部聚集在了我的身体上，它千疮百孔抑或带着不可思议的臭气，此刻都和我无关，我只需要和我的头颅在一起，它不仅干净而且早已将所有深埋痛感的神经抽去，它总是像一个美好的垃圾处理器一样把我一遍又一遍提起来的记忆按下去，捣碎，再销毁。

有关夜晚的行迹我并没有讳莫如深。我喜欢说，和鸟也说，和树也说，和虫子也说。当我那颗跳跃的头颅穿过树林的时候，经常会有年迈的鸟责备我：

"哟，这样就跑出来，要做什么去，吓死人呀？"

"我只是看看我丈夫呀，别人我才懒得去吓，你们不要多事吧！"我翘翘嘴巴，大声反驳回去，然后就继续目不斜视地向东市飞去。我不管了我不管了，我只要去东市看丈夫，每一个二更天我都得去。

从这个角度你就能看到，月桂树的这条靠近窗棂的树枝几乎是水平横亘在这里，它宽阔而平滑。我的头颅一越而上，停在了这根树丫上，摇摆几下就安顿了下来。每个夜晚，我都在这里度过。这是一间失修的旧茅屋，三十年前吊死过一个委屈绝望的女子，四周都氤氲着一种鬼们喜欢的冷飕飕的腥味，我吸气的时候就觉得爽心，况且，这里还住着我最心爱的男人，我真的没有理由不喜欢这里。然而面对这寥落荒凉的东市荒郊，我又不得不想起我丈夫的这一生是多么贫苦。

在我停的这棵树上，能够清晰地看进房间里。这窗子原本糊了厚厚的一层白纸，可是上个春天来的狂风已经把它们吹开了，它们也只好彼此拉扯着像过季的蝴蝶一样，仍在耿耿于怀地扇动着它们那白色的翅膀。

我丈夫是个二十岁的青年男子，他穿着青色的衫子坐在面向着窗台的书桌前，他铺开一张别人用过的废旧宣纸，找到空白角开始写文章。毛笔在这个多风沙的春天总是很干涩，他不断地不断地蘸墨水。可是砚台也几乎是干涸的，他没有一个女人给他研墨，小童也没有一个。

我不懂得他读什么书，写了些什么。我只是喜欢这么看着他：他读书，他写字，他从包裹的布口袋里取出半块冷掉的饼。如果是很冷的天，他就再掏出一件长衫套上，这件显然不比里面那件体面，上面已经有了蛀虫咬破的洞。

我在四更天的时候要离开，这是他开始昏昏欲睡的时间，我看见他站起来，欠了欠身，吹灭灯，整个人重重地扑倒在床上。我叹了口气，重新飞起来，绕到到院子的后面，这里有个荒废的马厩，里面全是从前住家留下的破席子，马鞍和结成把的干柴，杂草。马厩上方的顶子已经被风卷去了大半，我停在残缺的顶盖上转动几下头颅，把我盘结的头发左右甩起来，让它散开，全部滑落下去。

这之后我就返回皇宫。酣睡的男人在左边，我把手臂重新塞到男人那肥厚的身体下面。

我对末日的到来并没有过度恐慌，可它还是令我猝不及防。我以为这就是一个寻常夜晚，我去看了爱人就回。然而就在我停留在枫杈上观望我的丈夫的时候，我忽然感觉到一种被压住的窒息感。我能感知到这来自于我那搁置在皇宫里的身体。是什么冷冰冰的器物压住了我的脖子。我用鬼的凝气在心里头点燃一盏灯，我顺着灯可以看见千里之外：福和殿的中央聚满了人，皇帝，嫔妃，还有那些到现在我都叫不全名字的小孩。我轻轻用目光拨开人群，终于看到我的身体就躺在大殿正中富丽堂皇的灯饰下面。它被紧紧地绑在了一张木质长桌上，我的手臂被两个彪壮的侍卫紧紧按住，他们的另一只手抓着一只陶瓷盘子，那盘子死死地抵在我的脖子上。是了，正是这东西使我几近窒息。我微微眯眯起眼睛，让所有大殿里的闹剧都变成一颗落在我睫毛上的尘埃。

我只是，我只是在委屈我的身体，它总是在受欺辱，最后连我也嫌弃它。

前世我的身体被一些混蛋糟蹋，我多么厌恶它，所以当我死去，我的头颅离开我的身体的时候，我甚至感到了一种隐隐而来的快感，我想它们终于分开了，干净的归入干净的，肮脏的留在肮脏里。

我知道是一个道士要害死我，这的确很简单。二十四个时辰里，我的头回不上身体，就会衰竭而死。然而他也没有什么错，他的莲花观已经荒凉很久，相信我的死可以重新使他的道观兴旺起来，也算我的功德一桩。

我还在那树丫上，我丈夫就在近在咫尺的房子里。我想我顾不了那么许多了，我得跳出来，把一些话告诉他。我就这样飞了下去，这是我在多少个梦里想象过的情景，我终于飞下了那棵树，第一次得以平视我的丈夫。

我贴着窗台看他，他很高大，肩膀宽阔，眉毛特别浓密，嘴唇也是极其饱满的那种。这些，都和我前世遇见的他很不同。唯一不变的是他宽阔的眉宇之间有一种祥和之气，那总能把我重新吸引回去，不管我走出多么远。

这时候他眼睛的余光已经看见了我，他显然吓坏了，手里的毛笔一震，一团浓墨落在了白花花的宣纸上。我心疼极了，那是我第一次见他用全新的纸写字，上面也都是规规矩矩的一排又一排，每个字都应该是他的心血。我暗自怪自己还是出来得太唐突。

"你莫怕，我并无恶意，更加不会伤害你。"我这样对他说，心下觉得好笑，这仿佛是每一个女鬼都要对男子们说的开场白。

"你，你是鬼吗？"他颤声道，呆呆地看着这一颗女子的头颅站在窗台上。

"我现在是鬼了，不过我前世是你的妻子。"我想我得快点说完这些，我不知道他需要多少时间来接受这个现实，不知道我所剩的生命还能不能等到这男子再对我亲昵起来。

他怔怔地看着我，又一团墨滴在了宣纸上。

我说："我前世是你恩爱的妻子。可是前世我死去的时候身首异处，所以不能再投胎做人。可我仍常常惦念你，所以总也伴着你。"

他想了一下，壮起胆子问："你怎地死得这么凄惨呢？"

"你去京城考试就再也没有回来。镇上人欺负我，我就放了毒药去害他们。被知府大人施了那铡刀的刑。"

他愣了一下，低声说："那我也太忘恩负义了，而你，也太狠毒了。"

我也愣了一下，但我不去理会他的话，继而笑起来，说道：

"这倒也是我的报应，那时我爹爹决意不许我嫁你，说你不是厚道之人，我日后定会悔恨。他把我关在家里，逼我发毒誓。可是我还是跳窗跑去找了你，跟着你跑了。"我顿了顿，又说：

"你可知我那誓言如何说的？"

他摇了摇头。

"爹爹，我若日后跟那王公子成亲，死后必身首异处，永不得安宁。"我说完了看了看他苍白的脸，就又笑起来。

他有些感伤地看着我。他充满恐惧的脸上迅速闪过一丝怜恤。我就是喜欢他这样温情的表情，我记得前世的时候我很痴，看见他的温情的脸孔就忘记了发过的誓言，还有受过的委屈。

我叹了口气，心下觉得也没什么再可怨的了，只是但愿他以后能过得富足也便罢了。于是我说："你跟我来。"

我悬在空中飞了一段，在马厩那里停了下来等着他。他迟疑地走过来。我吸了口气，把目光从他破烂的鞋子上移开，然后说道："你把这马厩打开，把里面的席子和草都抱住来。"

他照做了。他花了好一会儿，才把那些杂物都抱出来，这时整个院子里尘土飞扬，但他还是已经能看到，在那马厩的最里面，有金灿灿的一片。他赶快低下身子钻进去。我在他的身后，不能看到他吃惊的表情，可是我能感觉到他的全身都在一种无法抑制的喜悦下震颤——他看见的是无数珍珠簪花，钻石钗子，每一件都是价值连城的宝贝。

他狂喜，回身对我说："这些是你给我的吗，这些都是你给我的吗？"

我说："你用他们通络一下各级的昏庸考官，凭你的才学，

194

一定能中状元。这不是你一直渴求的吗？"

他喜极而泣。

我忽然哀伤地看着他，说道："你若是真心感激我，可否答应我一件事？"

看见他连连点头，我才说道："你能否去宫殿后面的坟场把我的尸身找到，然后把我的头和身体埋在一起。并且，你要在墓碑上写上亡妻之墓，永远承认我是你的妻子，这样阎王便知我并非无名尸首，我即可再投胎做人，他日我们便能再做夫妻也说不定。"

他点点头。

我说："你要记得我违背了誓言的下场。"

3

　　这时候盲老人看看你，微微一笑，哑然道："那无头女鬼的事情你都知道了吧。"然后他叹了一口气，侧着头，藏满玄机的黠笑使你知道，肯定还有下文。可是你须再多添几枚铜板才能听到后面的故事：

　　话说皇帝在除去那女鬼之后，很久都心中悸然，有大臣献计：三公主已到婚配年龄，何不借给公主招婿这件喜事冲去宫中的鬼气？皇帝当下心开，昭告天下，次月初五便在城楼上举行抛绣球招驸马，凡无妻室的男子都可参加。

　　后面的事，被这瞎子老人说得就更加离奇了：据说招亲那天的场面异常热闹。全城的未婚男子都来一睹三公主芳容，也想试试自己有没有皇室富贵的命。三公主果然没有使大家失望，出落得是倾国倾城，比她两个姐姐还要出色。很多已婚男子都暗暗后悔自己结亲太早，不然今天可以试上一试。

后来接到三公主绣球的人据说是个年轻的秀才，长得眉清目秀，穿得也是锦缎斜织，绣着丝边的长袍，一举手，一投足，都能看出他不凡的气度，正是天生的状元相。人们都传那公主看清接绣球的人时，当即掩面而笑，她定是心中暗暗感激上苍赐了个如意郎君给她。而那俊面书生亦是大喜，他被欢呼的人群推着一直到了城楼跟前。

正在皇帝要命人打开城门，迎接新驸马的时候，围绕着新驸马的众人忽然惊呼，纷纷逃散，公主俯身看下来，也惨然大叫，轻衣飘飘地从城楼上跌落下来，香消玉殒了。新驸马愕然。他低头一看，但见手中那一团，哪里是朱红锦缎的绣球啊，那沉甸甸的，正是一颗头发散落、表情甚是哀伤的女人头。

小染

1

男人男人，怎么还没有睡去。

我坐在窗口的位置看表。钟每个小时都敲一下，我看见钟摆像个明晃晃的听诊器一样伸过来，窃进我的心里。那个银亮的小镜子照着我俯视的脸。我的嘴唇，是这样的白。

窗台上的有我养的水仙花。我每天照顾它们。花洒是一个透明印花的。长长的脖子长长的手臂，像个暗着脸的女子。我把她的肚子里灌满了水，我能听见这个女人的呻吟。很多很多的明媚的中午，我就扯着这个女子的胳膊来照顾我的花朵。

阳台有六棵水仙。我时常用一把剪刀，插进水仙花的根里。凿，凿。露出白色汁液，露出它们生鲜的血肉。我把剪刀缓缓地压下去，汁液慢慢渗出来，溅到我的手上。这把剪刀一定是非常好的铁，它这么冷。我一直握着它，可是它吸走了我的所有元气之后还是冰冷。最后我把切下来的小小鳞片状的根聚在一起。像马铃薯皮一样的亲切的，像小蚱蜢的翅膀一样轻巧。我把它们轻轻吹下去，然后把手并排伸出去，冬天的干燥阳光晒干了汁液，我有了一双植物香气的手。

2

冬天的时候，小染每天买六盆水仙花。把它们并排放在窗台上。她用一把亮晶晶的花剪弄死它们。她站在阳台上把植物香味的手指晾晾干。

然后她拿着花剪站在回转的风里，发愣。她看见男人在房间里。他穿驼色的开身毛衣，条绒的肥裤子。这个冬天他喜欢喝一种放了过多可可粉的摩卡咖啡。整个嘴巴都甜腻腻的。他有一个躺椅，多数时候他都在上面。看报纸抽烟，还有画画。他一直这么坐着。胡子长长了，他坐在躺椅上刮胡子。他把下巴弄破了，他坐在躺椅上止血。

有的时候女孩抱着水仙经过，男人对她说，你坐下。他的话总是能够像这个料峭冬天的第一场雪一样紧紧糊裹住女孩。小染把手紧紧地缩在毛衣袖子里，搬过一把凳子，坐下。她觉得很硬，但是她坐下，不动，然后男人开始作画。小染觉得自己是这样难堪的一个障碍物，在这个房间的中间，她看到时光从她的身上跨过去，又继续顺畅地向前流淌了。她是长在这个柔软冬天里的一个突兀的利器。

3

男人是画家。男人是父亲。男人是混蛋。

女人被他打走了。女人最后一次站在门边，她带着一些烂乎乎的伤口，定定眼睛看了小染一眼，头也不回地带上门。小染看见门像一个魔法盒子一样把过去这一季的风雪全部关上了。小染看见女人像缕风一样迅速去了远方。门上沾了女人的一根头发。小染走过去摘下了那根普通的黑色长发。冬天，非常冷。她随即把手和手上的那根头发深深地缩到了毛衣袖子里。

小染不记得着汹涌的战争有过多少次。她只是记得她搬了很多次家，每次都是摇摇晃晃的木头阁楼。每次战争她都在最深的房间里，可是楼梯墙壁还有天花板总是不停打颤。女人羔羊一样的哭声一圈一圈缠住小染的脖子打结。小染非常恐惧地贴着床头，用指甲剪把木漆一点一点刮下来。每次战斗完了，女人都没有一点力气地坐在屋子中央。小染经过她的时候她用很厌恶和仇恨的眼神看着小染。然后她开始咆哮地骂男人。像只被霸占了洞穴的母狼一样的吼叫。小染走去阳台，她看到花瓣都震落了一地，天，又开始下雨了。

那天又是很激烈的争执。小染隔着木头门的缝隙看见女人满脸是血。她想进去。她讨厌那女人的哭声，可是她得救她。她叩了门。男人给她开了门，然后用很快的速度把她推出门，又很快合上了门。锁上了。男人把小染拉到门边。门边有男人的一只黑色皮包和一把长柄的雨伞。男人不久前去远行了。男人一只手抓着小染，另一只手很快地打开皮包。在灰戚戚的微光里，小染看到他掏出一只布娃娃。那个娃娃，她可真好看。她穿一件小染一直想要的玫瑰色裙子，上面有凹凸的黑色印花。小染看见蕾丝花边软软地贴在娃娃的腿上，娃娃痒痒地笑了。男人说，你自己出去玩。说完男人就把娃娃塞在小染的怀里，拎着小染的衣领把她扔出了家门。锁上了。小染和娃娃在外面。雪人都冻僵了的鬼天气，小染在门口的雪地滑倒了又站起来好几次。

那一天是生日。特别应该用来认真许一个愿的生日。小染想，她是不是应该爱她的爸爸一点呢，他好过妈妈，记住了生日。小染听见房子里面有更汹涌的哭嚎声。可是她觉得自己冻僵了，她像那雪人一样被粘在这院子当中间了。娃娃，不如我们好好在这里过生日吧你说好吗。小染把雪聚在一起，她和娃娃坐在中央。小染看着娃娃，看到她的两只亚麻色的麻花辫子好好地编好，可是自己的头发，草一样地扎根在毛衣的领子里。小染叹了口气说，你多么好看啊，娃娃。

小染记得门开的时候已经是夜晚。她很迟缓地站起来。身上的雪硬邦邦地滚下来，只有怀里的娃娃是热的。小染走路的时候看到自己的脚肿得很圆，鞋子胀破了。她摇摇摆摆地钻进房子里。她妈妈在门口，满脸是凝结了的血。女人仔细地看着小染。她忽然伸出一只血淋淋的手给了小染一个耳光。

她说：一个娃娃就把你收买了吗？

小染带着她肿胀的双脚像个不倒翁一样摇晃了好几圈才慢慢倒下了。她的鼻子磕在了门槛上。她很担心她的鼻子像那个雪人的鼻子一样脆生生地滚到地上。还好还好，只是流血而已。

小染仰着脸，一只手放在下巴的位置接住上面流下来血的。她看见女人回房间拿了个小的包，冲门而出。她看见女人在她的旁边经过，给了她一个轻蔑的眼神。这是最后一次，她和她亲爱的妈妈的目光交汇。然后女人像风一样迅速去了远方。小染走到门边摘下她妈妈的头发，她没有一个好好的盒子来装它，最后她把头发放进了娃娃裙子的口袋里。

以后的很多年里，一直是小染，娃娃还有男人一起过的。

男人从来没有和小染有过任何争执。因为小染一直很乖。

小染在十几年里都很安静，和他一起搬家，做饭，养植物。男人是画家，他喜欢把小染定在一处画她。小染就安静地坐下来，任他画。

男人在作画的间隙会燃一根烟，缓缓地说，我爱你胜过我爱你的妈妈。你是多么安静啊。然后他忽然抱住小染，狠狠地说：你要一直在我身边。

小染想，我是不是应该感恩呢，对这世界上唯一一个在乎我的人。

这么多年，只有那年的生日，小染收到过礼物：那个娃娃，以及母亲的一根头发。

4

　　搬到这个小镇的时候男人对我说，他想画画小镇寒冷的冬天。可是事实上冬天到了这个男人就像动物一样眠去了。他躺在他的躺椅上不出门。

　　我在一个阁楼的二楼。我养六棵水仙。男人对我说，你可以养花，但不要很多，太香的味道会使我头痛。

　　城市东面是花市。我经过一个转弯路口就能到。

　　今天去买水仙的时候是个大雾的清晨。我买了两株盛开的。我一只手拿一株，手腕上的袋子里还有四块马铃薯似的块根。我紧一紧围巾，摇摇摆摆地向回走。水仙根部的水分溅在我的手上，清凉凉。使这个乏味的冬季稍稍有了一点生气。

一群男孩子走向我。他们好像是从四个方向一起走来的，他们用了不同的香水，每一种都是个性鲜明的独霸着空气。我感到有些窒息。他们有的抱着滑板，有的抽着烟，有的正吐出一块蘑菇形状的蓝莓口香糖。紫色头发黄色头发，像些旗帜一样飘扬在他们每个人的头上。大个头拉链的缤纷滑雪衫，鞋子松松垮垮不系鞋带。

　　我在水仙花的缝隙里看到他，最前面的男孩子。他火山一样烧着的头发，他酒红色外套，碎呢子皮的口袋里有几个硬币和打火机碰撞得当当地响。我看到他看着别处走过，我看到他和我擦肩，真的擦到了肩，还有我的花。花摇了摇，就从花盆里跳了出来，跳到了地上。花死在残碎的雪里，像昨天的茶叶一样迅速泼溅在一个门槛旁边。

　　一群哄笑。这群香水各异的邪恶男孩子。我把我的目光再次给了我心爱的花。我蹲下捡起它。可是我无可抱怨，因为这花在这个黄昏也一定会死在我的剪刀下。只是早到了一点，可是这死亡还算完整。我捡起它。那个男孩子也蹲下，帮我捡起花盆。我和他一起站起来。我感到他的香水是很宜人的花香。他冲我笑笑。我再次从那束水仙里看着这个男孩子，他很好看，像一个舶来的玩具水兵一样好看。站在雪里，站在我面前。

　　我想我得这样走过去了，我已经直立了一小会儿，可是没有接到他们的道歉，我想我还是这样走吧。可是我看到那个男孩子，他在看着我。他用一种非常认真的详细的目光看着我，像博士和他手里被研究的动物。我想着目光或者邪恶或者轻薄可是此刻你相信你知道么我感到阳光普照。阳光拧着他的目光一同照耀我，让我忽然想在大舞台一样有了表演欲。我表露出一种令人心疼的可怜表情。

男孩，看着我，仍旧。我想问问他是不是也是个画家，因为这样的眼神我只在我的父亲那里见过。

男孩在我的左面，男孩在我的右面，男孩是我不倦的舞台。

他终于对我说话了。他唯一一次对我说话。他说，你，你的嘴唇太白了，不然你就是个美人了。

是轻薄的口气，但是我在无数次重温这句话的时候感到一种热忱的关爱。

身旁的男孩子全都笑了，像一出喜剧的尾声一样地喝彩。我站在舞台中央，狼狈不堪。

嗨嗨，知道这条街尽头的那个酒吧么？就是二楼有圆形舞池的那个，今天晚上我们在那里有 Party，你也来吧。呃呃，记得，涂点唇膏吧，美人。男孩昂着他的头，抬着他的眼睛，对我这样说。身边的男孩子又笑了。他们习惯附和他，他是这舞台正中央的炫目的镁灯。

我和我的花还在原地站着。看他们走过去。我看到为首的男孩子收拾起他的目光，舞台所有的灯都灭了。我还站在那里。我的手上的水仙还在淌水，我下意识地咬住嘴唇，把它弄湿。

然后我很快地向家的方向跑去。

中途我忽然停留在一家亮堂堂的店子门口。店子门口飘着一排花花绿绿的小衣服。我伫立了一小会儿，买下了一条裙子。

是一件玫瑰紫色的长裙。我看到它飘摇在城市灰灰杏色的晨光里。有一层阳光均匀地洒在裙裾上，像一层细密的小鳞片一样织在这锦缎上面。它像一只大风筝一样嗖的一下飞上了我的天空。

我从来都不需要一条裙子。我不热爱这些花哨的东西。不热爱这些有着强烈女性界定的物件。

可是这一时刻，我那只拿着水仙的手，忍不住想去碰碰它。

我想起它像我的娃娃身上的那条裙子。像极了。那条让我嫉妒了十几年的裙子。它像那个娃娃举起的一面胜利旗帜一样昭告，提醒着我的失败。是的，我从未有过这样媚艳馈赠。

买下它。我买下我的第一条裙子，像是雪耻一样骄傲地抓紧它。

然后我很快很快跑回家。

5

　　小染很快地打开家门，冲进画室。她手上的水仙和崭新的裙子被扔在了门边，然后她开始钻进那些颜料深处寻找。地上是成堆的颜料管子和罐子。有些已经干了，有些已经混合，是脏颜色了。她一支一支拿起来看，扔下，再捡起另外一支。男人听见了她的声音，在他的躺椅上问，你找什么呢？

　　小染没有回答，只是继续找，她开始放弃颜料管，向着那些很久都不用的大颜料罐子。她的动作像一只松鼠一样敏捷，她的表情像部署一场战斗的将军一样严肃。

　　男人说，到底你在找什么？男人仍旧没有得到回答，他听见女孩子把罐子碰倒了，哐啷哐啷的响声。还有颜料汩汩地流淌出来的声音。

男人从他的躺椅上起来。冲到画室里，问，你在找什么？

红色颜料，红色颜料还有么？小染急急地问。

没有了。我很久不用那种亮颜色了，你忘记了吗，搬家的时候我叫你都扔掉了，现在没有了。画这里糟糕的冬天我根本用不到红色。男人缓缓地回答。

小染没有再说话，她只是停下手中徒劳的寻找，定定地站在原地，像个跳够了舞的发条娃娃一样迟钝地粘在了地面上。她喘着粗气，洒出来的颜料溅在了她的腿上，慢慢地滑落，给她的身体上着一层灰蒙蒙的青色。

男人问，你要红色颜料做什么？

没什么。小染回答，从男人的旁边穿过去，到厨房给男人煮他喜欢的咖啡。

6

　　我把咖啡递给男人，然后我端着新买的水仙上了阁楼。雾已经散去了，太阳又被张贴出来，像个逼着人们打起精神工作的公告。水仙被我放在了阳台上，我不知道它们什么时候会开。剪刀在我的手旁边，银晃晃的对我是个极大的诱惑，我忽然把剪刀插到水仙里，根里的汁液像那些颜料一样汩汩地冒出来。它们照例死亡了。我等不到傍晚了。

　　然后我逐渐安静下来。我把我的凳子搬去阳台，坐下。我回想起刚才的一场目光。我想起那个男孩的一场风雪般漫长的凝望。我想起他烧着的头发荒荒地蔓延，他说话的时候两片薄薄的嘴唇翕合，像一只充满蛊惑性的蝴蝶。

我听见一群男孩的笑，他们配合性地，欣赏性地，赞许性地笑了。他们像天祭的时候一起袭击一个死人的苍鹰一样从别处的天空飞过来，覆盖了我，淹没了我。

我忽然微微颤了一下，希望我的挣扎有着优美的姿势。

我忽然想起了我的新裙子。它还躺在那只冰凉冰凉的袋子里。

我把它一分一寸从袋子里拉出来，像是拉着一个幸福的源头缓缓把它公诸于世。我把娃娃放在我的床边，让她看着我换衣服。

玫瑰骤然开遍我的全身。我感到有很多玫瑰刺嵌进我的皮肤里，这件衣服长在了我的身体里，再也再也不会和我分开了。

娃娃，娃娃，你看看我，我美吗。

7

　　小染在黄昏之前的阁楼里走来走去。时间是六点。男人吃过一只烧的鱼还有一碟碎的煮玉米。他通常会在吃饱之后渐渐睡去，直到八点多才缓缓醒来收看有关枪战的影片。他在那时候会格外激动，有时还会把身边的画笔磕在画板上砰砰作响。可是眼下他应该睡去了。

　　小染听到外面嘈杂的孩子的叫嚣声。她觉得他们都向着一个方向去了。她觉得有一块冰静的极地值得他们每一只企鹅皈依。她把切碎的水仙花瓣碾碎，揉在身上和颈子上。水仙的汁液慢慢地渗进去，游弋进她的血液。她听见它们分歧的声音，她听见它们融会的声音，是的，融会在一起，像一场目光一样融会在一起。

钟表又响，男人还是没有睡。他在翻看一本从前买的画册，他的眼镜不时从塌陷的鼻子上滑下来，他扶一扶，继续翻看，毫无睡意。

小染想彻底去到外面的空气里，她想跟随那些野蛮男孩子的步伐，她想再站在那个男孩面前，听着他轻薄她。可是男人必须睡觉，她才能顺利跳出这个木头盒子，把男人的鼾声和死去的水仙都抛在脑后，然后去赴一场约。

小染用牙齿咬住嘴唇，细碎的齿印像一串无色的铃兰花一样开在嘴唇上。然后小染下楼去了。她记起下面阳台上好像还有几块水仙花根，她就拿着剪刀下楼了。

小染把剪刀握在手中，把手缩在袖子里，穿一双已经脱毛的棉拖鞋，迅速跑下楼去。她径直向着那些水仙花根走去。

男人看到她，忽然说，你坐下。

什么？小染吓了一跳。

男人已经拿起了身边的画笔，示意小染坐下。他又缓缓地说，你今天穿了裙子。很不同。

小染愣了一下，终于明白男人是要作画了。她站住，把剪刀放在放画笔的木头桌子上，然后搬过一把凳子，坐下来。

她那一刻忽然觉得时间都停下了，她被固定在一个锈迹斑斑的齿轮上，她的整条玫瑰裙子就在这高高的齿轮上开败了。她把手紧紧地贴在裙子上，仿佛掬捧着最后的一枚花瓣。世界就要失去了所有的水分，她抬头看见男人干涸的眼角，正有一团浑浊的污物像一团云彩一样聚起来。

小染好像听见楼下有人叫她。她觉得有一条铺着殷红地毯的道路就在她家门外缓缓铺展开。她觉得她应该走上去，走过去。她感到盛大的目光在源头等待他的玫瑰。小染想跳起来。飞出去。在这个黄昏的最后一片阳光里飞出这个阴森的洞穴。

8

　　我仿佛看到我的娃娃在楼上的木板地上起舞。她的嘴唇非常红润。

9

　　男人画着画着慢慢停了下来。他用目光包裹起这个小巧的女孩子。他好像头一次这样宝贝她。他非常喜欢女孩的新裙子。新裙子使这女孩子看起来是个饱满而丰盛的女人。像她的母亲最初出现在他的生命里的样子。

　　笑笑，你笑笑。男人对女孩说，你从来都不笑，你现在笑笑吧。

　　男人这一刻非常宽容和温暖，他像个小孩一样地放肆。

　　小染看见窗外的男孩子们像一群白色鸽子一样地飞过去。她笑了一下。

　　男人非常开心。男人全无睡意。他已经停下了，只是这样看着女孩。

他忽然站起来，非常用力地把小染拉过去。他紧紧地抱着女孩。女孩像一只竖立着的木排一样被安放在男人身上。她支着两只手悬在空中。小染还带着刚刚那个表演式的微笑，她一点一点地委屈起来。

男孩还在说，你，你的嘴唇啊，太白了啊，不然，你，就是个美人了。

娃娃还在跳舞。她又转了七个圆圈，玫瑰裙子开出新的花朵。

一切都将于她错身而过。

10

男人紧紧抱着我。我的双手悬在空中。我的心和眼睛躲在新鲜的玫瑰裙子里去赴约。

我很口渴。我的嘴唇像失水的鱼一样掉下一片一片鳞片来。

一切都将于我错身而过。

钟表又敲了一下。钟摆是残酷的听诊器，敲打着我作为病人的脆弱心灵。

我强烈地感到，内心忽然跟随一个不远的地方发出的声音而热闹起来。

男人，男人，你怎么还不睡？

我的眼前明晃晃。

我的眼前明晃晃。

刀子被我这样轻松地从男人身后的小桌几上拿起来。我的手立刻紧紧握住它。我的手和刀子像两块分散的磁铁一样找到了彼此。它们立刻结在了一起。它们相亲相爱，它们狼狈为奸。我想我知道它们在筹划着什么，我想我明白什么将要发生。可是我来不及回来了，我的心在别处热闹。我在跳舞，像我的娃娃一样转着圆圈，溺死在一场目光里。

刀子摸索着，从男人身体正中进入。男人暂时没有动。他的嘴里发出一种能把网撕破的风声。我又压着刀柄向男人肥厚的背深刺了一下。然后把刀迅速抽出来。

这些对于我非常熟悉。我熟练得像从前对付每一块水仙花根一样。

男人没有发出怨恨的声音。我在思索是不是要帮助我的父亲止血。我把刀子扔下去，然后我用两只手摩挲着寻找男人的伤口。我感到有温泉流淌到了我的手心。我感到了它们比水仙汁液更加芬芳的香气。

男人还带着刚才那样宽容的笑容。他就倒下了。他把温泉掩在身后，像一块岩石一样砸下去。

11

　　小染看着男人。男人的画板上有一块温暖的颜色。小染觉得那可能是她的玫瑰裙子。无法可知。小染忽然调头，带着她红色的温泉的双手，跑上阁楼。

　　楼梯是这样长，扶手和地板上都流淌着目光。

　　小染从来没有跑得这样快。她喘着气停顿在她的梳妆台旁边。

　　她对着灰蒙蒙的镜子大口呼吸。她看着自己，从未这样清晰地看着自己。

　　嘴唇上结满了苍紫色的痂。

　　小染看着自己，看着自己。然后她缓缓地提起自己的手。

她对着镜子把手上的鲜血一点一点涂抹在嘴唇上。温热的血液贴合着嘴唇开出一朵殷红色的杜鹃花。小染想着男孩的话，看着镜子里红艳艳的嘴唇，满意地笑了。

12

我，对着镜子里的红色花朵笑了。